目次

記者はつらいよ

中央新聞坂巻班

第1章　企画班始動

　JR水道橋駅の改札を出ると、上原千穂《うえはらちほ》は駅へと向かう帰宅者たちの間を縫うように、中央新聞の本社に向かった。

　今日の午後、関東地方の梅雨が明けた。二度目の東京の夏が始まる。北国で生まれ育った千穂には、辛《つら》い季節だ。

　汗を拭き拭き本社に着くと、エレベーターに乗り込む前に時間を確かめた。

　午後七時十七分。

　先週結成された一面企画班のミーティングが始まるまで、あと十分ちょっとしかない。所属する生活情報部には寄らず、六階の会議室まで直行だ。

　今日のミーティングは、企画の中心となる生活情報部のデスクである高橋有子《たかはしゆうこ》、各部から企画班に参加する六人の記者、そして瞬間湯沸かし器の異名を持つ編集局長の久保田《くぼた》が出席すると聞いている。遅刻は厳禁だ。

トイレに寄ってさっぱりしてくると、少し緊張しながら会議室のドアを開けた。

すでに四人の記者が来ていた。

男性が三人、女性が一人。長テーブルの周りで、ゲラをチェックしたり、新聞を読んだりしている。

「失礼します」

誰にともなく声をかけると、平城美千代《ひらきみちよ》がゲラから顔を上げた。パーマをかけたショートの黒髪をうるさそうに指ですいている。

目が合ったので会釈をしたが、平城は千穂を無視すると、再びゲラに視線を落とした。ミーティング招集のメールを開いたとき、真っ先に班のメンバーをチェックした。平城の名を見てがっかりしたが、それは彼女のほうも同じだったようだ。

奥にいる男性二人は、初めて見る顔だった。

一人目はずんぐりむっくりのスポーツ刈り。半袖シャツから出ている腕が格闘家のように太い。もう一人は、金属フレームの眼鏡をかけたヒョロッとした若手だった。

千穂は、廊下側に座っている男性記者の隣に腰を下ろした。ペンを手に手帳を見ている横顔に、見覚えがある。

支局勤務を異例の二年で卒業し、今は政治部にいる同期のエースだ。支局時代、県知事の不正献金疑惑をスクープし、同期初の編集局長賞に輝いた。

「相沢《あいざわ》君だよね？」

相沢登《のぼる》は顔を上げ、困惑するように千穂を見た。どうやら千穂のことを覚えていないようだ。

「同期の上原です。新人研修以来だね。久しぶり」

自己紹介すると、相沢は目を瞬《しばたた》いた。

「ああ、どうも」

力のない声で言い、再び手帳に視線を戻す。

素っ気ない対応に拍子抜けしたが、まあ、こんなものかもしれない。同期とはいえ、その他大勢の一人にすぎず、取り立てて目立つ容姿でもない千穂など、彼の眼中にはない。

それにしても、相沢はずいぶん変わった。精力的な野心家というイメージだったのに、今やその面影はない。

顔色がひどく悪いし、目に力がない。激務の政治部記者だから、疲れているのかもしれないが、服装も冴《さ》えなかった。まるで中年オヤジのようなドブネズミ色のスーツを着ている。

相沢は昨年、大学時代の同級生と結婚した。二次会の写真がメールで千穂にも回ってきた。妻はテレビ局勤務の華やかな美人で、服装にもうるさそうなタイプなのに、いったいどうしたことだろう。政治部では、若手はわざと冴えない身なりをする慣習でもあるのだろうか。

ノックもなしに、勢いよくドアが開いた。

強烈な整髪剤の匂いとともに、久保田編集局長が入ってきた。スラックスのポケットに両手を突っ込み、鷲《わし》を思わせる厳しい目でその場にいる記者たちを見回すと、大股でホワイトボードの前の席へ向かった。背後から、ベージュのワンピースを着た高橋デスクが続く。

部屋の空気がピンと引き締まる。千穂も背筋を伸ばした。

久保田は椅子を乱暴に引いてどさりと腰を下ろすと、ギョロリとした目を壁の時計に向けた。七時半まであと数分あったが、高橋に向かって顎《あご》をしゃくる。

「おい、時間だ。始めろ」

高橋は緊張気味にうなずき、持っていたプリントを回し始めた。

千穂はハラハラしながら、ドアが再び開くのを待った。招集された記者は六人だ。まだ一人来ていない。

プリントが各人に行き渡っても、最後の一人は姿を現さなかった。

久保田は両腕を椅子の後ろに回すと話を始めた。

「最初に言っておく。俺は、この企画には反対だった。実にくだらん」

思わず久保田を凝視してしまった。

いったい何を言い出すのだ。上に立つ人間が、現場の士気をわざわざ下げてどうする。瞬間湯沸かし器と聞いていたが、湯を沸かしていないときも問題が大アリだ。

久保田は悪びれる様子もなく続けた。

「改めて言うまでもないが、我が中央新聞の読者は、日本経済の中心を担う男性が圧倒的に多い。しかも、今は政治も経済も激動の時代だ。一方で社会では凶悪事件が頻発している。そんな情勢下で、のほほんとした家族の話なんか、朝刊一面に掲載できるか。しかも、生活情報部の主導だと？　冗談じゃない。ウチは女子どもが作る女子どものための新聞じゃない。そんな企画は、夕刊でやれば十分だ」

――では、なぜ一面企画として採用したのか。

心の中で突っ込む。

この場にいる全員がそうしたはずだ。

久保田は、心得ているというようにうなずいた。

「政治部は政局で、企画どころじゃない。経済部、社会部が出してきた提案はパッとしなかった。そこで、まさかの生活情報部だ。野球に例えると、一軍の主力が軒並み故障か不調で、二軍の補欠に出番が回ってきたようなものだ」

久保田は、気の利いた冗談を言ってやったとばかりに、得意げに笑った。

追従《ついしょう》のためか薄笑いを浮かべている記者もいたが、千穂はまったく笑えなかった。

高橋のほうをうかがうと、無表情で手元のプリントを見ていた。

清楚《せいそ》な外見ながら、高橋はキレるとめっぽう怖い。控えめな性格でもない。

怒り心頭のはずだが、一言も反論しないでいる。普段関わりのないヒラ記者にはピンと来ないが、久保田は相当偉いのだろう。

若い頃は政治部で辣腕《らつわん》記者として鳴らし、ワシントン総局を経て、政治部長、経営企画室長、局次長と出世階段を上ってきた。

しかも、彼のバックには、会長に退いた今もなお社内に大きな影響力を持つ当間《とうま》会長がいるという噂《うわさ》だ。

「第一部は九月中旬スタートで、五回の連載。評判になったら、第二部、第三部と続ける。ま、その可能性は低いだろうが、頑張ってみろ」

胸がムカムカするが、同時に白々とした気持ちも広がっていく。

暴言を吐いている自覚は、久保田におそらくない。それどころか、自分は二軍の補欠、あるいは女子どもにチャンスをやった寛大なトップだと思っている。

中央新聞は政治部、社会部、経済部を頂点とする絶対的なヒエラルキーが存在し、今なお男性中心の会社だ。

最近では新入社員の女性比率は四割近くに上るが、女性の現役部長は国際部のみ。部長の上の役職である編集局次長、編集局長にいたっては、過去を遡《さかのぼ》っても女性は一人もいない。

紙面には毎日のように「女性が輝く社会」、「共生社会」などという言葉が躍る。しかし、会長の当間や久保田をはじめとする幹部にとって、それらの言葉は絵空事、あるいは将来に向けての努力目標にすぎない。

たしかに、生活情報部が一面の企画を主導するのは異例だ。しかも、担当デスクが女性でありながら、編集局内最年少デスクの高橋というのは、大抜擢《だいばってき》を超えて、革命的ですらある。

噂では、高橋はこの企画で成果を上げれば、来春の異動で経済部のデスクになるとか。そうなれば、中央新聞初の経済部女性デスクの誕生だ。

千穂自身も、企画班のメンバーに選ばれたときには、胸が躍った。地味な仕事が多かった身にとって、初めての晴れ舞台と言っていい。

しかし、久保田の口ぶりからすると、見通しは高橋にとっても、千穂にとっても明るくない。いくつもの難関が待ち受けていそうで、先が思いやられる。

「それにしても……」

久保田がプリントを手に取ったとき、ドアが開いた。坂巻武士《さかまきたけし》がのっそりと姿を現す。

久保田の顔がさっと紅潮した。スイッチが入ったのだと分かった。

「遅刻だぞ！」

割れるような声で怒鳴る。

空気が震えた。自分が怒られているわけではないのに、思わず身体がすくむ。

坂巻は後ろ手でゆっくりドアを閉めながら、壁の時計を見た。

「定刻ですよ」

久保田が、目を剝《む》いた。

「お前、喧嘩売ってんのか？　俺が話を始めたんだから、始まってるに決まってるだろ」

最悪の展開だ。

坂巻は、千穂たちに理不尽な指示を出すことも多く、理不尽大王と呼ばれている。

瞬間湯沸かし器と理不尽大王。ラスボス同士の対決なんて見たくない。

身を縮めていると、意外にも坂巻は穏やかな表情で、「以後気をつけます」と言って頭を下げた。千穂の隣に腰を下ろす。

久保田は不機嫌丸出しの表情で、仕切り直しをするように軽く咳払《せきばら》いをした。

「ともかく、やるからには腑《ふ》抜《ぬ》けた企画では困る」

高橋が配ったプリントをテーブルに叩《たた》きつけた。

「高齢化、少子化時代の家族のあり方を考えるだと？　よくもまあ、恥ずかしげもなく、ありきたりな提案ができたものだな。婦人雑誌の特集じゃないんだぞ。少しは知恵を絞れ。

東日本大震災以来のキーワードは絆《きずな》だ。それがヒントだな」

久保田はそう言うと、胸をそらした。

絆だなんて、何を今さらと思うが、久保田としては、いいアイデアを出してやったと言わんばかりだ。

「一から練り直しだ。週内に、まともな案を持ってこい。俺からは以上！」

両手をテーブルについて立ち上がった。威厳を見せつけるようにメンバーの顔を睨《にら》み回すと、ゆっくりとした足取りでドアへと向かう。

強烈な整髪剤の匂いが背後を漂った。吸い込まないよう息を詰めて、久保田が出ていくのを待つ。

ドアが閉まると、あちこちからため息が漏れた。

高橋は、引きつった笑みを浮かべながら口を開いた。

「皆さん、よろしくお願いします。局長はああおっしゃったけど、私としては二部、三部と続けたいと思いますし、続ける意義のある企画だと思っています」

身体が震えた。

武者震いではなく、部屋が寒すぎるのだ。入り口付近にある温度設定パネルを見ると、二十度になっていた。

席を立ってパネルに手を伸ばそうとすると、坂巻が声を上げた。

「三度ほど下げてくれ。この部屋、暑くてたまらん」

「いや、寒いので上げます。二十度って低すぎです」

坂巻が文句を言いそうだったので、素早く付け加える。

「ウチの記事にビジネス社会の常識は二十八度だって書いてありました」

「ちぇっ、しょうがねえな。まあいい。それより、高橋。どうするよ？　瞬間湯沸かし器に言いたい放題されて、俺は腸《はらわた》煮えくりかえってんだよ」

坂巻が入ってきたのは、久保田の暴言が終わった後だ。不思議に思って見ると、坂巻は肩をすくめた。

「ヤツのだみ声が廊下まで筒抜けだった。いくら温厚な俺でも、あそこまで言われたら、言い返さないわけにはいかないだろ。しかし、初っぱなから局長とドンパチやったら高橋の顔がつぶれちまう。だから、遅刻ギリギリまで外で待ったってわけよ」

小鼻を膨らませながら言う。

坂巻にしては上出来だ。

エアコンの温度を上げ、席に戻る。

高橋は、坂巻を無視すると、他のメンバーに笑みを振りまいた。

「その前に、簡単な自己紹介をしましょう。初対面の人も多いはずですから。後藤《ごとう》君から順に時計回りでお願いします」

格闘家のような記者が口を開いた。

「社会部の後藤衛《まもる》。大阪社会部からこの春、東京に戻ってきました。平成十二年入社。遊軍でサブキャップをやっています」

野太い声で言うと、隣にいるヒョロッとした若手に目配せをする。

「え、えっと、平成二十四年入社の松田昌平《まつだしようへい》です。は、春に仙台支局から経済部に来たばかりです。ミクロ経済グループにいます」

緊張しているのか、声が震えている。

続いては、平城だった。

尖《とが》った顎《あご》を振り上げると、薄い唇を開く。

「社会部の平城美千代。平成十九年入社。厚労省担当です」

「坂巻武士、平成九年入社だ。生活情報部ニュース班のキャップだが、この班では上下関係に捕らわれず、ざっくばらんにやっていこうと思ってる」

そう言うと、平城に笑いかけた。

「メンバーの中には、俺たち生活情報部と競い合ってきた記者もいるようだが、こうして同じ班になったんだ。ノーサイドということで仲良くやろうや」

平城は、酸っぱいものでも飲んだかのように、顔をしかめると、そっぽを向いた。

次は千穂の番だ。

「生活情報部の上原千穂。平成二十三年入社です。こういう企画は初めてですが、頑張りますのでよろしくお願いします」

「同じく平成二十三年入社の相沢登。政治部与党担当です」

それで全員だった。

高橋がうなずく。

「小さな班ですから、風通しよくやってきましょう。企画に参加するのが初めての若手が多いから、後藤君と平城さんを中心にカバーしてあげてください。では、早速第一部の通しのテーマを考えましょうか。各自案を用意しておくよう伝えたわよね。後藤君、どうかしら？」

後藤は腕組みをした。

「これといったものが思い浮かばなくて……。この際、高橋さんのセンスで決めてもらったらいいんじゃないでしょうか」

まるでやる気が感じられない返事に驚いたが、高橋は軽く受け流し、平城に声をかけた。

「平城さんは？」

「後藤さんに同じくです」

早口で言うと、挑戦的な目で高橋を見た。

社会部の二人で示し合わせて反抗しているようにしか見えない。高橋も困惑するように眉をひそめている。

千穂は居心地の悪い思いで、ノートを広げた。

一応、案を考えてきたものの、この空気の中で手を挙げて発表する勇気はない。

沈黙を破るように、後藤が咳払いをした。

「これって生活情報部主導の企画ですよね。なのに、生活情報部がその面子《メンツ》というのは、問題がありやしませんか。ないというなら、企画の内容ぐらいそっちの記者中心に詰めてくださいよ」

高橋をしっかり見つめて言う。

平城が同意するようにうなずいた。

「こっちは、サブキャップの後藤さんと私が出ているんですよ。生活情報部からは、女性記者だったら半藤《ばんどう》さん、男性なら柿沼《かきぬま》さんあたりが参加するのかと思っていました。なのに……」

千穂は、うつむいて平城の視線を避けた。

半藤ユリ子は「一人ブラック企業」と陰口されるほどのハードワーカーだし、柿沼達也《たつや》は経済部出身の切れ者。どちらも千穂より戦力としてははるかに上だ。

それは認めるが、こんなふうに揶揄《やゆ》されるのは、納得できない。坂巻ではないけど、いくら温厚な自分でも言い返したくなる。

社会部の同僚だった頃から、彼女が嫌いだった。

有力な取材先や上司には、猫なで声ですり寄るくせに、千穂のような平凡以下の記者に対しては、あり得ないほど傲慢《ごうまん》に振る舞う。記者として云々《うんぬん》の前に、人間として苦手だ。

ただ、先月は少しやり過ぎた。坂巻にけしかけられ、グループ一丸となって厚労省担当の平城の顔をつぶしたのだが、大人げなかった。

同じ会社にいる以上、昨日の敵が今日の友になる場合もある。ほどほどにしておくのが正解なのだろう。

平城は続けた。

「ウチの部長も、おかしいって言ってました」

「平城、もういい」

後藤が鋭い声で遮った。

その場にいる全員の視線が、高橋に集まった。無理に作ったような笑みを浮かべると、口を開きかけたが、言葉が発される前に坂巻が割り込んだ。

「忌憚《きたん》のない意見を聞かせてくれてありがとう。社会部諸君の不満は、至極もっともだ。生活情報部の対応がなってねえんだよ」

「ちょっと、坂巻さん」

高橋が嫌な顔をしたが、坂巻はかまわず続けた。

「俺はフェアな男だからな。自分の部に非があれば素直に認める。この企画は生活情報部主導なのに、上原みたいに使えない半人前を送り込むのは、ズルなんだ。門外漢の政治部、経済部が若手を出すのはいい。しかし、生活情報部がそれでは筋が通らない。取材の大変なところは社会部におっつけて、『生活情報部の企画でございい』って大きな顔をするのはおかしいだろ。エース級を出さないと他の部に失礼だ」

後藤と平城は呆気《あっけ》にとられたような表情を浮かべていたが、坂巻の言葉を否定はしなかった。当たらずとも遠からずなのだろう。

千穂自信も、自分が一面企画にふさわしい記者だとは思えない。生活情報部が主導だから、「若手育成枠」として抜擢されたといったところだろう。

しかし、ふさわしくないのは、千穂ばかりではないような……。

そう思いながら、坂巻を横目でうかがう。

坂巻は、後藤に向かって親しげに笑いかけた。

「しかし、安心しろ。上原はともかく、ベテランの俺がいる。この面子じゃダメだろうって部長にねじ込んで、柿沼に代わって企画班に加わってやった」

「ええっ？　そうだったんですか」

高橋の声は裏返っていた。

千穂も不思議に思っていた。

最初聞いた話では、柿沼と二人で参加するということだった、なのに昨日突然、坂巻に替わったのだ。

坂巻自身が裏から手を回していたとは……。

しかし、柿沼が坂巻に替わったからといって、誰が喜ぶものか。

年次こそ高橋より上のベテランだが、頓珍漢《とんちんかん》な指示を出し、ハラスメントと名のつくものはなんでもござれのトンデモキャップだ。たまにいいことを言うのは認めるけど、基本的にうざったい。

何より、我が道を行くタイプなのが問題だ。

企画班のようにチームワークが要求される仕事には絶対に向かない。あさっての方向に向かって吠《ほ》え、話をかき回すだけだ。ちょうど今やっているように。

平城は、話にならないと言うように首を振りながら、ため息をついた。後藤は太い腕を組み、目を閉じている。

高橋は苦虫を嚙《か》みつぶすような表情を浮かべていたが、後藤と平城に向き直った。

「確かに、バランスが悪いのよ。だから、生活情報部の他の記者に取材を手伝わせようと思ってる。部長にも、その了解はとってあるわ。後藤君と平城さんに過剰な負担はかけません」

後藤が愁眉《しゅうび》を開きながら、腕を解いた。

「なるほど、そうでしたか。さすが高橋さんですね。そういう話なら、納得です」

平城はなおも不満げに眉根を寄せていたが、後藤に楯突《たてつ》く気はないようで、口をつぐんでいる。

「よっしゃ。じゃあ、テーマの話に移るぞ」

坂巻は勝手に仕切ると、手に持っていたノートを広げた。

「考えてきたぜ。ありきたりなのじゃダメだと思ってよ。知恵を絞ってみた」

そう言うと、開いたページを掲げて見せた。

「一億総孤独時代――家族なんかいらない」

太いマジックで書かれた文字に、その場にいる全員の目が釘付けになる。

坂巻は得意げにペンでノートを叩《たた》いた。

「さっき久保田局長が珍しくいいことを言った。東日本大震災以来、家族の絆とやらをもてはやしすぎだ」

いや、その解釈は違うと思う。

久保田は絆をテーマに据えろと指示を出したのだ。

しかし、坂巻は自信たっぷりだ。

「はっきり言って、気味が悪い。独居老人の身にもなってみろ。絆、絆の大合唱でうんざりしたり、肩身が狭い思いをしたりしてるに決まってる。俺も、いい加減うんざりしてる。

だから逆張りで行こう。孤独死上等だ。インパクトがあるだろ」

　高橋は、うんざりしたように天井を仰ぐと、テーブルに両肘をついて手を組んだ。

「あのですね、坂巻さん」

　子どもに言い聞かせるような口調だ。

「逆張りが悪いとは言いません。でも、これは家族のあり方を探る企画です。さっきの編集局長の話から考えると、絆とは何かを問い直す方向にするのが普通でしょう。なのに、いきなり家族なんかいらないって……。企画を全否定されても困ります。読者は独居老人だけじゃありませんし」

「分かってねえな。企画ってものは、衝撃の現状をあぶり出すんだよ。最近の若者は、家族なんかいらないと思ってる。だから、結婚しねえんだ。上原なんてその典型だろ？」

「そういうわけでもないですよ。結婚もそのうちしたいと思ってますし」

　付き合っている相手もいないから、大きなことは言えないが、家族なんかいらないとは思わない。

「おい、そこの若いの。松田とか言ったな。お前はどうよ？」

　松田は、助けを求めるように高橋を見た。高橋は無言だ。

「あの、あの、僕は……」

「お前、記者だろ？　はっきりとモノを言え！」

坂巻が一喝すると、松田は怯《おび》えたように長身を縮めた。

「しようがねえな。政治部の君はどうよ？」

相沢は、無表情のまま手帳に文字を書き込み始めた。

怒号が飛ぶかと思ったが、さすがの坂巻も驚いたのか、いぶかしげな視線を相沢に向けただけだった。

「ともかく、これ以外にない。今年の新聞協会賞の企画部門の受賞間違いなしだ」

後藤が珍獣でも見るような目で、坂巻を見ていた。彼が坂巻と直《じか》に接するのはおそらく今日が初めてだ。驚きを通り越して、物珍しいのだろう。

坂巻の独演は続いた。

「家族は崩壊する運命にある。しかし、人はそもそも孤独な存在だ。最後は一人で死んでいく。そのことを多角的に描くわけよ。少々哲学的すぎるきらいがあるが、そういう高尚な問題に正面から切り込んでこその一面企画だろう。俺としてはだなあ」

隣の席の相沢の様子をうかがった。

手帳への書き込みを続けている。この会議は時間の無駄と割り切って、取材メモでもまとめているのだろうか。

さすが同期のエースは違うと思いながら手帳を覗《のぞ》き込むなり、千穂の背筋に冷たいものが走った。

──嫌だ、嫌だ、嫌だ、嫌だ、嫌だ、嫌だ。

同じ言葉が、びっしりとページに書き込まれている。相沢の手が動くたび、それは確実に増えていく。

千穂の視線を感じたのか、相沢は身じろぎをすると、手帳を閉じた。

そっと唾《つば》を飲み込み、目をそらした。

気持ちは分かる。この数カ月間、坂巻の部下として働いてきて、ある程度の免疫がついた千穂だって、意味不明な独演ショーには付き合い切れない。

それにしても……。ただの落書きならいいが、怨念《おんねん》めいたものを感じてしまう。

とりあえず、見なかったふりをしよう。

突然、後藤が口を開いた。

「高橋さん、明日、もう一度集まりましょう」

話の腰を折られた坂巻は、あんぐりと口を開けた。

後藤は続けた。

「僕と平城も、案を考えてきますよ。今日は、高橋さんにも、他のみんなにも失礼しました。誤解があったとはいえ、時間を無駄にさせてしまいました」

そう言って、きっちりと頭を下げた。格闘家というより、武道家のようだ。

高橋が即座に首を縦に振る。

「そうしましょう。時間は今日と同じでいいわね。来られない人は、メールで案を出しておいてください。では、今日はここまで。お疲れさまでした」

軽く頭を下げると、立ち上がる。

一人を除いて、その場にいる皆が高橋に倣《なら》った。

「なんだよ！　俺の説明は終わってねえ！」

吠える坂巻を残して、企画班のメンバーは一人、また一人と編集会議室を後にした。

社員食堂できつねうどんを食べてから生活情報部の席に戻ると、後輩記者の堀昇太《ほりしょうた》が帰り支度をしていた。小柄な身体を丸めるようにして、足元に置いた鞄《かばん》に資料を詰め込んでいる。

「お疲れっす。企画班の会議だったんですよね」

「そう。本気で疲れたわ」

堀はしたり顔でうなずいた。

「でしょうね」

編集会議室から戻った坂巻は、「どいつもこいつもバカばかりだ」と、荒れまくっていたそうだ。

堀を相手に自分の提案の素晴らしさをひとしきりまくし立てた後、いつもの緑色のデイパックを背負って帰っていったという。

蒸し暑いこの季節も自転車通勤を続けているなんて、驚異だ。温度や湿度を感じる体内のセンサーが壊れているんじゃなかろうか。

「サカマキング以外も、微妙ですよね。社会部のヒステリー女がいるんでしょ」

「うん……。でも、社会部のもう一人の記者はいい人みたい」

納得できなければはっきりそう言うが、事情が分かれば引き下がり、自分に非があれば謝る。

それこそフェアな態度というものだ。

「そういえば、経済部の松田君って、堀君の同期だよね？　おとなしいね」

お調子者で空気が読めない堀とは対照的だ。

「優秀なやつなんですけどね。経済部に行ってから、すっかり自信をなくしたらしくて。あいつ、文学部出身で、経済の知識がゼロなんですよ。まったく興味のない分野だったらしくて」

「そうなんだ。でも、ミクロ経済担当だって言ってたよ」

企業取材なら、日銀や財務省、あるいは株式市場の取材ほど専門的な知識は必要ないだろう。

「そういうレベルの話じゃないらしいっす。専務と常務のどっちが偉いんですかってキャップに聞いて、大目玉を食ったそうだから。ま、僕も他人をあれこれ言える立場じゃないっすけどね」

堀は明るく笑うと、「お先に失礼します」と言って、帰っていった。「ひとり少年探偵団」とあだ名された小柄な後ろ姿を見ながら思う。

堀はずいぶん変わった。

この部に来たばかりの春先は、流行に乗ろうとしたり、要領よく仕事をしようとしたりして、空回りをしていた。それが、今では部の中で、「そこそこやる若手」に位置づけられている。

堀には独特の嗅覚があり、自分の中に軸を持っている。

以前はそれを生かし切れていなかった。支局時代の上司に、この会社の標準的な記者になるよう、厳しくしつけられたからだと思う。

坂巻の影響を受け、堀は自分の身体に合わない鎧《よろい》を脱ぎ捨てた。

今も毎日のように坂巻に怒鳴られ、高橋にはしょっちゅうボツを食らっている。「ありのままの君でいい」などという綺麗事《きれいごと》が通用するほど社会は甘くない。

それでも、鎧を脱ぎ捨てた堀は、軽やかでしなやかだ。多少のことでは凹《へこ》まない。

堀の変化を嬉《うれ》しく思う一方で、焦りもあった。

千穂も、坂巻と働くようになって、気づいたことがある。真面目《まじめ》と真剣は違う。真剣にやらなければ、先は見えてこない。

先というのは、出世とか評価されるとか、そういうことではない。給料が増えることでもない。

そこまでは分かったが、いまだに立ちすくんでいる。飛び込みの姿勢を取ってプールの縁に立ち、水面をにらんでいるようなものだ。

飛びさえすれば、新しい景色が見えてくるはずだ。今回の企画をそのきっかけにしたい。

そこまで考えて、顔をしかめた。

まるで、坂巻が素晴らしい上司みたいではないか。

ありがたいと思うことはある。でも、それは全体の二割ほどで、あとの八割は迷惑だ。記者としての力量だって、疑問符がつく。人脈は、たいしたものだと思うが、センスがない。今日の会議で発表したあの案はいったいなんなんだ。

千穂はパソコンに向き直った。

坂巻を批判している場合ではなかった。自分の案をまとめなければ。

平城に負けたくなかった。

競争が嫌いで、ほどほどをよしとする自分らしくないと思うけれど、あそこまで言われてしまったのだ。見返さなくてどうする。

まずは、インターネットで家族に関係する記事を片っ端から読んでみようと思い、検索画面を立ち上げた。

「上原さーん、まだ帰らないの？」

声をかけられて、はっとした。慌てて時計を見る。午前二時を過ぎていた。

「ヤバっ！」

思わず立ち上がると、半藤ユリ子が少し離れた席でニコニコと笑っていた。

この時間だからしようがないのかもしれないが、顔がむくんでいる。

半藤は二月ほど前、働き過ぎで倒れた。なのに、また無理をしているのではないだろうか。本人は無理などしていない、好きでやっているだけだと言うはずだが、半藤だって生身の人間だ。限界というものがある。

とはいえ、先輩記者に説教をするわけにもいかなかった。

「調べ物していたら、いつの間にかこんな時間になっちゃって」

頭を搔《か》きながら言う。

「そういうもんだよねー。私、そろそろ引き上げるよ。デスクより遅くなるなら、照明とエアコン切って帰ってね」

「あ、分かりました。お疲れさまです」

デスク席を見ると、遅番デスクの阿波野《あわの》朝子《あさこ》が朝刊の早版らしきものを広げていた。その他のデスクや記者の姿は見当たらない。

生活情報部ばかりでなく、フロア全体が眠りにつこうとしていた。膝掛けやカーディガンが背にかけられた椅子が、持ち主の不在を寂しがっているようだ。

終電はとっくに終わっている。坂巻に知られたら、経費の無駄遣いだと怒鳴られそうだが、会社発のタクシーで帰ろう。

明日は朝が早い。企画班のメンバーではあるが、生活情報部の通常業務から完全に解放されているわけではない。他の仕事をおろそかにすることはできない。

取材に必要な資料とカメラ、そしてノートパソコンをバッグに突っ込んだ。

かなりの重量になってしまったが、明日は取材の間に、一時間半ほど空き時間がある。カフェかどこかで、夜の会議に備えてテーマを考える必要があるので、パソコンは欠かせない。

阿波野に帰りの挨拶をしてから、駐車場とつながっている地下のタクシー待合室へ向かった。

待合室のドアを押すと、人いきれとアルコール臭に包まれた。

最終版の作業を終えた整理部や校閲部の記者のほか、取材先や同僚と外で飲んでいた人間が集まる時間のようだ。

部屋の入り口にあるパソコンに名前と社員番号を打ち込む。

自宅が同じ方向にある社員二人以上を相乗りさせるのが会社の方針だ。相方が二十分以上現れなければ、一人で帰してもらえる。

立ったまま、知った顔がいないかと周囲を見回した。

待合室は、同期や前の職場の同僚と顔を合わせる貴重な場だ。運がよければ雑談をするぐらいの時間はある。

会いたい人ばかりではないのが問題だが、わりあい楽しみにしている。

奥のベンチに、同期で整理部の山下《やました》を見つけた。ゴールデンウィーク前後に何度か二人で遊びに行ったが、遠距離恋愛をしている山下の彼女が快く思わないそうで、最近、連絡すら取っていない。

声をかけようと一歩踏み出したところで、配車係に名前を呼ばれた。

「生活情報部の上原さん、編集局の前島《まえじま》さん」

山下が顔を上げた。彼に向かって小さく手を振ると、この会社では珍しい銀髪の紳士に続いてタクシー乗り場に向かった。

後に降りるほうが、運転席の後ろに座る習わしだが、前島は千穂の住む街を尋ねようともせずに、さっさとタクシーに乗り込んだ。

運転手は伝票を確認すると、車を発進させた。

「前島さんが西早稲田、上原さんが中野か。西早稲田から回りましょうかねえ」

のんびりとした口調の運転手に生返事をすると、千穂はぼんやりと窓の外を眺めた。深夜でも東京の街は明るい。なのに、閉ざされていると感じる。道路の両側にビルが立ち並んでいるせいだろうか。

ふいに故郷の山並みが脳裏に浮かんだ。山裾から広がる田んぼには、今頃シュッとした美しい稲が育っているだろう。

親戚だらけで、誰もが顔見知りの集落は、何をやるにしても見張られているようで息苦しかった。でも、あの場所は開けていた。そして東京には別の種類の息苦しさがある。

前島が前を向いたまま話しかけてきた。

「デスクの高橋は元気か？　そろそろ一面企画が始まる頃だな」

年齢から考えて、前島は高橋の元上司だろう。

異動後も気に掛けられているとは、さすがだと思いながら、今日が初回の会議だったと説明する。

前島が顔を横に向けて千穂を見た。

「ということは、君も企画に参加しているのか。どういう話になるんだ？」

部外者に口を滑らせて、面倒に巻き込まれるのは嫌だ。

そもそも、彼は何者なのか。

配車係は所属を「編集局」と言っていたから、どこかの部の部長やデスクではない。

身なりや物腰から判断して、結構偉そうだが、論説委員でもない。彼らの所属は論説室だ。

「こういう企画班に入ったのが初めてなので、あまり要領が分からなくて」

言葉を濁すと、前島が言った。

「あの企画は、俺が推した。久保田は大反対だったから、高橋が苦労しているんじゃないかと気になってね。なにせ久保田は瞬間湯沸かし器だ」

冗談めかして言われ、ようやくピンと来た。久保田と同期の編集局次長がいたはずだ。経済部や整理部を渡り歩いた人物で、久保田より断然話が分かるという噂だ。

「もしかして、編集局次長ですか？」

恐る恐る尋ねると、前島は噴き出した。

「おいおい、知らなかったのか」

局次長など雲の上の存在だ。知るわけがないと思いつつ、無礼を詫《わ》びる。

「で、どんな企画になるんだ」

「明日の会議で決まるんじゃないかと」

「そうか。是非ともいい企画を頼むと高橋に伝えておいてくれ。君も頑張れ。初めてだと言ってたな。気後れする必要はない。若いんだから、当たって砕けろの精神だ」

励ますように言う。

「はい」

大きくうなずきながら思った。

上司とは、本来こうあるべきではないか。

デスクが前島で、キャップが社会部の後藤だったら、どんなに働きやすいことか。

でも、現実は厳しい。

高橋は優秀ではあるのだろうが、癖があって一筋縄ではいかない。坂巻に至っては論外だ。

さっきの会議では、「企画班では、上下関係に捕らわれずざっくばらんにやっていく」とか言っていたが、坂巻をよく知る人間としては、言葉通りに受け取れない。

あれは、自分がデスクや局長に遠慮なくもの申すという宣言だ。千穂のように年次が低い記者に対しては、高圧的な態度で命令を出しまくるに決まっている。

タクシーは早稲田通りに入った。ラーメン屋だらけのこの道も、今の時間はひっそりとしている。

眠っているように見えた前島が口を開いた。

「次の青信号を右に曲がって五十メートルほど行ったところにあるブロック塀の前で停めてくれ」

「承知いたしました」

運転手は、なめらかにハンドルを切り、ひと気のない細い通りに入った。このあたりは大通りから少しそれると、完全な住宅街だ。戸建てやアパートがひしめいている。

ひときわ立派な門の前でタクシーは停まった。

ドアが開いたとき、前島の携帯電話が鳴った。懐からそれを取り出すと、顔をしかめる。

「会社からだ。運転手さん、悪いけど車の中で話をさせてくれ」

そう言うと、前島は通話ボタンを押してしゃべり始めた。

千穂はタクシーの外に出た。どっちみち千穂が出なければ、前島は降りられない。

夜風が涼しかった。排ガスの匂いがかすかにする。

外灯の光が照らし出す前島の自宅を眺める。黒っぽい屋根瓦が厳《いか》めしい日本家屋だった。さほど広くはないが、前庭まであり、綺麗に刈り込まれた松が植わっている。

幹部とはいえ、新聞社社員の給料で購入できる物件ではないだろう。ここは前島の地元なのかもしれない。

こんな都会が地元だなんて、恵まれている。でも、うらやましくはない。千穂にとって、地元は田舎だ。

塀際に置かれたプランターに何気なく目をやって、眉をひそめた。

ひからびた植物が放置されている。

葉の格好からみて、ペチュニアのようだ。今年は梅雨が長かったから、日照不足で枯れてしまったのだろう。

それにしても、みすぼらしい。前島の妻は、近所の目が気にならないのだろうか。千穂の実家のあたりだと、プランターをこんな状態で放っておいたら、その日のうちに近所の誰かが、何か言ってくる。

電気がついている一階の窓を見た。白い顔が覗いているように見えた。

その数秒後、玄関の引き戸が勢いよく開かれ、ジャージのワンピースを着た中年の女性が、長い髪を振り乱しながら走り出てきた。

年格好からみて、前島の妻だろう。

何事かと思いつつも頭を下げようとしたが、女性は千穂に向かって必死の形相で呼びかけた。

「アケミちゃん！」

次の瞬間、立ち止まって両手で口元を押さえる。

大きく見開かれた目に、失望の色が浮かんでいた。

なんと声をかけたものか迷っていると、電話を終えた前島がタクシーから出てきた。

前島は妻の姿に目を留めると、素早く千穂のそばを通り抜け、門の中に入った。

「あなた……」

呆然《ぼうぜん》としたように前島の妻は夫を見上げ、すがりつかんばかりにした。彼女の手を前島は、振り払った。

「どうしたんだ」

千穂の耳を意識してか、無理に抑えたような声で言う。

「アケミかと思って」

前島の妻の声は震えていた。

「会社の女性記者だ。それより、もう遅い。早く中に入れ」

冷え冷えとした口調で言うと、前島は千穂を振り返った。

何事もなかったように笑みを浮かべて、軽く右手を上げる。

「では、お先に」

千穂は頭を下げた。

「お疲れ様でした」

見なかったことにするのが正解だろう。

そう思いながら、玄関に向かう前島の背中を見送った。

翌日、取材を終えて会社に戻ると、席に着く前にデスク席の高橋に呼ばれた。

汗を拭きながら、そばに行くと、高橋は食事中だった。

「企画の案、考えた？　ウチからまともな案が一つも出なかったら、後藤君がまたむくれちゃう」

　サンドイッチを猛烈な勢いで頰張りながら言う。

「はい。一応、考えました」

　少子化の原因は、働く女性への支援策が少なすぎるからだという切り口でどうかと言うと、高橋があからさまに肩を落とした。

「それじゃあ、生活情報面でも厳しいわ。今さら感があるし、広がりがなさすぎる。五回連載の一回がせいぜいでしょう。かといって、サカマキングの案というわけにもいかないし」

　わずか三口でサンドイッチ一切れが消えていた。すでに高橋の手には、次の一切れがある。

　記者は「早飯、早糞芸のうち」だが、よく胃を壊さないものだと感心する。

　時計を見た。会議が始まるまで二時間近くある。

「もう一度、考えてみます」

「それより柿沼君に相談してみて。さっき、話を通しておいたから」

　あなたでは無理だと言われたようで、少し傷ついた。

　でも、気の利いた案を自分が出せるとも思えない。

「分かりました。そういえば、昨夜帰りのタクシーで局次長の前島さんと一緒でした。前島さんが、久保田局長の反対を押し切って企画を推してくれたそうです」

期待している、という伝言を伝える。

「ありがたいわね。あの人は話が分かる。この会社の中では、女性社員に対して好意的だし」

「経済部のときに、前島さんと一緒だったんですか？」

「駆け出しの頃のデスクよ」

高橋は、当時を思い出したのか、苦笑いを浮かべた。

「私、特落ちしちゃったことがあってね」

特落ちは、特ダネの反対。つまり、重要なニュースを一社だけ落とすことだ。惨めそのものというほかない。

特ダネは取れなくても、せめて特落ちはするまいと記者なら誰もが思う。

幸い千穂にその経験はない。高橋にあったのは意外だが、彼女も入社当時からスーパーウーマンだったわけではない。

「さすがに凹んだわよ。ご飯も喉に通らなかった。そうしたら、前島さんが休刊日に自宅に招待してくれたの」

今どき、上司が部下を自宅に招いたら、公私混同だとか、パワハラだとか言われる。しかし、当時はもっとのどかで、家族ぐるみの付き合いをする社員もいたのだと高橋は言った。

「前島さんの自宅、西早稲田の豪邸だったでしょ」

「はい」

「羨《うらや》ましかったなあ。本人は辣腕デスクで、両親はあのあたりの資産家。奥さんは美人で料理上手。毎日パンまで手作りしてるっていうんだから、びっくりでしょ。幼稚園の娘さんは本当に可愛くてね。絵に描いたような幸せな家族だった」

でも、今はたぶん違う。

幸せな家族が住む家の前に、あんな惨めなプランターは置かれていない。

娘の名がアケミで、千穂と似たような年格好なのだろう。

アケミは何らかの事情で家を飛び出し、連絡が取れないと推察された。それも、一日、二日の話ではないはずだ。走り出てきた妻を見て、前島が何も尋ねなかったのが、その証拠だ。

そのとき、部長の下村《しもむら》が近づいてきた。会議でもあるようで、胸に書類を抱えている。

「企画の話かな？」

高橋がうなずく。

「生活情報部からのメンバーが、上原さんと坂巻さんでは、正直なところやりにくくて。柿沼君に手伝ってもらうと言っても、さすがに企画班以外の記者にアンカーまでは頼めませんし」

棘《とげ》のある口調に、下村は、気まずそうな顔をした。

それで分かった。下村が、坂巻にごり押しされて、柿沼を坂巻と交代させた張本人だ。

「まあ、そう言わずに頑張ってみてよ。高橋さんにとっても、正念場でしょう。さっき会議で、経済部長が高橋さんのお手並み拝見って言ってたよ。僕も大いに期待してる。生活情報部の一面企画なんて、僕が部長になってから初めてだからね」

頰に強張った笑みを張り付かせながら言うと、下村は這《ほ》う這《ほ》うの体《てい》で去っていった。

「部長は、調子が良すぎるのよ。こっちの身にもなってほしいもんだわ」

小声で言うと、高橋は音を立ててサンドイッチの包みを丸めた。二メートルほど離れたところにあるゴミ箱に狙いを定めると、ひょいとそれを投げ入れる。

「早速、柿沼君と話してみて」

「分かりました」

席に着くと、自分の机でパソコンを叩いてた柿沼が、千穂の隣の空席に移ってきた。運がいいことに、千穂と背中合わせの坂巻の席も空いている。

「高橋さんから聞いた。ピンチらしいじゃないか」

今日も暑かったのに、長袖のワイシャツをぴしっと着込み、ネクタイまで締めている。

「なかなかいい案が浮かばなくて」

「そうだってな。さっき言われて、いくつか考えてみた。すぐにメールで送る。得意な分野じゃないけど、それなりに格好はついていると思う。読んで、何か分からないことがあったら、遠慮なく聞いて」

「ありがとうございます」

口ではそう言ったが、モヤモヤとしたものが胸に広がった。

高橋の立場は分かるし、柿沼の好意もありがたい。でも、ゲタを履かせてもらっても、ちっとも喜べない。自分の足で歩きたいのだ。

そう思いながら、柿沼から送られてきたメールを開く。

最後まで読んで、どんよりとした気持ちになった。

一面企画にふさわしい案だというのは、千穂にも分かった。そつなくまとまっているし、そこそこインパクトもある。

柿沼は、わずか一、二時間の間にこれをまとめた。

それに比べて自分はどうだ。

企画班への参加が決まった先週から延々と考えた。今日も取材の合間を縫って知恵を絞った。なのに、ろくな案が浮かばなかった。

真剣にやったつもりだ。なのに、柿沼との差は歴然としている。ショックを通り越して無力感さえ覚える。

――バカの考え休むに似たり。

そんな言葉が頭を過《よ》ぎる。もしかすると、堀だって千穂よりはマシな案を出せるかもしれない。

要するに、センスがないのだ。

文章力もないし、押しだって弱い。そのうえセンスがないのでは、いくら真剣にやったって、結果は知れているのではないだろうか。

「どう?」

柿沼に聞かれ、反射的に顔をしかめた。

分かりきったことを聞くなんて、嫌みにもほどがある。

でも、ここでそんな態度を取ったら、あまりにも小さい。

千穂は満面の笑みを浮かべると顔を上げた。

「さすがです。助かりました」

「それほどでもないよ。合格点ギリギリってところだろう。じゃあ、まあ、そういうことで」

淡々と言うと、柿沼は再びキーを叩き始めた。

定刻の十分前に編集会議室へと向かった。

ドアを開けると、入り口に近い席に相沢が座っていた。今日も手帳を覗き込んでいる。

やけに早いなと思った。

相沢は、積極的に企画に参加する気はないとみたのだが、そうでもないのだろうか。

「お疲れさまです」

声をかけて部屋に入ったところで、椅子の脚につまずいた。

「あっ」

テーブルに手をついて身体を支える。その拍子に、テーブルに載っていた相沢の手帳を落としてしまった。

裏表紙のポケットに入っていた小物が床に散らばる。

「ごめん！」

慌てて床にかがんだ。散らかったものを次々と拾って、テーブルに載せていく。

その中に、小さく切った薬のシートがあった。オレンジと白のツートンカラーのカプセルが入っている。

つまみ上げて、はっとした。

この薬は……。支局時代に取材で見たことがある。

相沢の顔をまじまじと見上げてしまった。

相沢は、怯《おび》えたように千穂を見た。唇を動かし、何か言おうとしているのに、彼の口から言葉は出てこない。

「ごめんね」

謝りながら薬をテーブルに載せると、相沢はそれをシャツの胸ポケットに滑り込ませた。胃痛でもこらえるような表情で千穂を見る。

「頼む。誰にも言わないでくれ。たいしたことないし、会社に内緒にしてるんだ」

懇願するように言う。

なんともいえない気持ちになりながら、相沢の隣に座った。

落ち着け、と自分に言い聞かせる。

今どき、心を病んでいる人など珍しくない。

誰だって、すなわち千穂もいつ同種の病にかかるか分からない。しかし、事情が分かると昨日の手帳の文字が気になった。

――嫌だ、嫌だ、嫌だ、嫌だ、嫌だ。

坂巻のくだらない演説が嫌なのだと思っていたが、それだけではないかもしれない。

千穂は慎重に口を開いた。

「誰にも言わない。お医者さんと相談しながら働いてるわけだよね。だったら、私が口を挟む必要はないもの」

相沢は、ぎゅっと寄せていた濃い眉を開いた。

「ありがとう。助かる」

「でも、大丈夫？　昨日から、顔色悪いのが気になってた」

休んだほうがいいのでは、という言葉を飲み込む。

「大丈夫だ。医者によると、本格的なうつではないそうだし、薬がわりと効くみたいでね。それに、運よくこの企画に選ばれた。政局取材は補助的な立場でいいらしいから、なんとかなる」

「そう……」

「それより、くれぐれも頼む。ウチの部は、使い物にならないとみた人間は、容赦《ようしゃ》なく放り出す。こんなところでコースからはずれたら、悔やんでも悔やみきれない」

千穂は相沢から視線をそらした。

政治部の上司や同僚は、おそらく相沢の異変に気づいている。疲れているだけなのか、心の病気なのかは、日々接していたら察しがつくはずだ。

相沢は秋に異動になるのではないか。おそらくは、彼の望んでいない部署へ。政治部にいる限り、きついストレスから解放されることはない。

去年千穂がいた社会部では、若手記者が過労を原因とするうつ病を発症。重症化して、退職してしまった。その後、彼の親が会社を訴える騒ぎに発展し、部長は更迭された。

会社としては、相沢のような予備軍が彼の二の舞いとなるのを避けたいはずだ。それ以前の問題として、相沢は明らかに辛そうだ。まともな上司なら放置はできないと考えるだろう。

でも、それでは相沢は不満なのだろう。

余計なお世話だと思ったが、一言言わずにいられなかった。

「コースとかそういうのはよく分からない。でも、生活情報部も、結構楽しいよ。地味な部署だけど、考えさせられることがいっぱいあるし」

むしろ、政治部のどこが楽しいのか分からない。

議員には、前時代的な感覚の持ち主が少なくない。千穂にとっては異星人みたいな存在だ。

そんなのを取材すると考えるだけで、頭痛がしてくる。会話が成立するかさえ、不安だ。

心の中で付け加える。

――政治や事件の取材だけが、新聞記者の仕事じゃないよ。つぶれる前に、こっち側へ来なよ。

同期のエースと呼ばれるぐらいの男だ。初めは柿沼のように戸惑うかもしれないが、いずれきっと居場所を見つけ、活躍し始める。

しかし、千穂の思いは通じなかった。相沢は暗い表情で首を横に振った。

「上原は女だから、それでいいかもしれない。でも、俺はそうもいかないよ。ウチの奥さんも、俺に期待してるし」

「テレビ局にいるんだっけ」

「うん。でも、今はニューヨークの大学院の政治学科に社費で留学中だ」

今年の初めから一年間の予定だと相沢は言った。

「会社に内緒っていうのは、そのこともあってなんだ。奥さんに知られたくない」

「えっ、言ってないの？」

「うん。お互いを高め合う夫婦でいようって約束してるんだ。なのに、俺が脱落するわけにはいかない」

自分に言い聞かせるように相沢は言った。

「夏休みには帰ってくるの？」

「いや、夏もセミナーとかいろいろあるみたいだから。俺も、政局を放り出すわけにはいかないし」

心の中でため息をつく。

男には無駄なプライドがあると千穂も知っている。

でも、相沢は病気なのだ。病院通いをしているのだから、その自覚もあるはずだ。

意地を張らなくてもいいのに。

そもそも、家族とは、困ったときには支え合う存在だと思っていた。相沢と妻はいったい何なのだ。夫婦の形はそれぞれと言っても、違和感がありすぎる。

困惑していると、相沢が少し笑った。

「病気のことを医者以外の人間に話したのは初めてだ。特に社内では絶対に言うもんかって思ってた。なのに、成り行きとは言え、上原には話せた。なんでだろうな」

曖昧に首を振ってごまかした。

でも、そんなの分かりきっている。これまでにも、同期の男性記者たちから、いろんな話を聞いた。

女だから、あるいはたいした記者ではないから見くびられているのだ。対抗心を燃やす必要がない相手には、悩みを打ち明けやすい。

逆に、妻は相沢にとって、ライバルなのだろうか。

夫婦の形はそれぞれだと頭では分かっている。でも、どこか寒々しいものを感じてしまう。

ふいに坂巻の言葉が脳裏に浮かんだ。

――一億総孤独時代。

独居老人とか、結婚したくない若い人とか、そういう人のことを指しているのだと思った。

でも、それだけではないのかもしれない。

相沢を孤独と決めつけてはいけない。でも、千穂の目には孤独に映る。

彼には妻がいるのに、独身の自分よりむしろ孤独だ。

そういえば、前島も彼の妻も孤独に見えた。二人でいても、それぞれは一人だった。

家族という枠組みに収まっていても、一人の人もいるのだ。

ドアが開いた。のっそりと入ってきたのは、坂巻だった。

ドアを開けっ放しにしたまま、音を立てて椅子を引く。千穂の正面に腰を下ろすと、大きな目で睨みつけてくる。

「おう、上原。お前、柿沼の野郎に知恵をつけられたみたいだな」

「えっ、まあ」

「会議で余計なことを言うんじゃねえぞ。社会部がどんな案を出してくるか知らねえけど、俺の案以外にない。一億総孤独時代、これで決まりだ」

千穂は、少し考えた後、思い切ってうなずいた。

「ある意味、そうですね」

いつものようにドヤ顔で「だろ！」と言うかと思ったのに、坂巻は複雑な表情を浮かべた。

腕を組みながら、首をポキポキと鳴らす。

「そうですねって、お前……。ヘタレのくせに、高橋に反抗する気かよ。上原のくせに生意気だぞ」

言ってることが支離滅裂だ。

「私は坂巻さんの案に全面賛成ではありません。でも、自分なりに考えたことがあります」

高橋は、企画ではこれからの家族や絆のあり方を探ると言っていた。

柿沼は、新しい家族の形や、そうした家族を対象とした政策、サービスなどを紹介することを提案した。

たとえば、シングルファーザー、シングルマザー同士が再婚してできるステップファミリーや、遠隔地に住む親の介護に悩む中高年たち。

そういう家族が何を望み、どう暮らしているのかを取材し、日本の将来の家族像や絆のあり方を探るという。

なるほど、と思った。

でも、それは結局、絆を肯定する話だ。それだけでは、何かが足りない気がする。

そもそも、絆とは何なのか。

どう伝えたらいいものか迷いながら坂巻を見る。

「なんだ、その小便こらえているような顔は」

「小便って……」

真剣に考えているのに、なんて失礼な言い草だ。

坂巻は肩をすくめた。

「お前なんかが、何を言っても無駄だ。坂巻キャップの提案に全面的に賛成ですって言え。おい、そこの政治部の君も賛成しろよ」

相沢が困ったように目を瞬く。

「君は天下の政治部だ。こんな企画に時間を取られるのは嫌だろ？　俺に任せてくれれば、君の負担を最小限にしてやる。経済部の青びょうたんには、俺が睨みをきかせて、うなずかせる。そうしたら、社会部がいくら頑張ったって、四対二で俺の勝ちだ」

そういう問題ではないだろう。

背後から、ドスの利いた女性の声が降ってきた。

「坂巻さん！」

高橋が入り口で仁王立ちしている。

「企画のテーマは、記者の多数決では決まりません！　局長や局次長の了解ってものが必要なんです！　多数派工作なんて、意味がありませんからね」

高橋の後ろから、後藤と平城が現れた。二人とも、高橋の迫力におじけづいたように、立ち尽くしている。

坂巻が口を開こうとしたが、高橋は続けた。

「今日は、独演会も禁止です。私たちは忙しいんです。これ以上、坂巻さんのために時間を無駄にできません！」

そう言うと、ヒールを鳴らしながらホワイトボードの前の席へ行き、勢いよく椅子を引いた。

坂巻は、やれやれといった表情を浮かべて後藤と平城を見た。同意を求めているようだ。当然のことながら、社会部の二人は坂巻と目を合わせず、そそくさと席についた。

坂巻が高橋の名を呼んだ。

高橋はノートに視線を落として彼を無視したが、坂巻は構わず続ける。

「俺にあれこれ言う前に、お前がちゃんと仕事しろよ」

「してますけど」

高橋は顔を上げずに言った。

「柿沼から聞いた。あいつに上原のゴーストライターをさせるのはおかしいだろ。上原からクソみたいな案しか出ないんなら、上原を叩きのめして出し直させろ。それが、お前の仕事だ」

高橋はわざとらしくため息をつくと、壁の時計を見上げる。

「あとは、松田君だけか。上原さん、電話してみて」

千穂はスマートフォンを取り出した。数日前に登録したばかりの松田の番号を押し、携帯を耳に押し当てる。

「お前のやり方では、お前以外、誰も得しねえ。手を抜いてんじゃねえよ。それに上原だって、捨てたもんじゃないぞ。その証拠に、俺の案に賛成するんだとよ」

高橋は両目を見開くと、顔をゆっくり回して千穂を見た。

何を考えているのだ、と顔に書いてある。

スマホを握る手が汗ばんだ。

いったん電話を切ろうと思ったが、松田とつながった。

「あ、あ、あの……」

焦ったような声が聞こえてくる。

「企画班の上原です。会議始まるよ。来られるの？」

松田に尋ねながら、高橋をまっすぐに見返した。

反抗しているつもりはない。でも、誰かに履かせてもらった下駄では、まっすぐ顔を上げて歩けない。

自分の足で歩きたいのだ。少なくとも、そのチャンスが欲しい。

高橋の目に戸惑うような光が浮かんだ。

そのとき、松田が部屋に駆け込んできた。

「あの、あの、今すぐ近くまで来ていて」

スマホに向かってしゃべりながら、千穂に向かって頭を下げた。

第２章　しなやかな絆

柿沼が椅子を回して、坂巻に声をかけた。

「明日から一週間、留守にします。置き原稿のチェックはメールでやりますが、万一つながらない場合に備えて、宿の電話番号をメールで送っておきました」

坂巻は振り返り、鷹揚《おうよう》にうなずいた。

「おう。ゆっくり骨休めをしてこい」

「どこに行くんですか？」

堀が尋ねる。

「ちょっとタイにね」

堀は両手を頭の後ろに回した。

「へー。僕も行ってみたいんっすよね、バンコク。屋台で辛いもの食いまくったり」

「いや」

柿沼は、リゾートホテルで妻とのんびりするのだと言って、千穂が聞いたこともない島の名を挙げた。

海辺にある白亜の巨大なホテルのプールサイドで、トロピカルドリンクでも飲むのだろうか。

ハワイにすら行ったことのない千穂には、想像のできない世界だ。そんな場所に行っても、楽しめそうにない。タイに行くなら、堀と同様、屋台派だ。

しかし、それはどうでもいい。

千穂は柿沼に声をかけた。

「ちなみに柿沼さんは、経済部にいた頃も、夏休みに海外へ行ってましたか？」

「毎年ってわけにはいかないけど、どこかには行くよ。周りもだいたいそんなかんじだったね。ま、リフレッシュというより、家族サービスだな」

忙しい仕事とはいえ、まとまった休みを取れないわけではない。会社も労働基準局の目を怖《おそ》れてだろうが、取ることを推奨している。

やはり、相沢家は特殊なのだ。

「上原は旅行とか嫌いなの？」

「私は、だいたい田舎に帰りますから」

一緒に旅行に行く相手もいないし、と心の中で付け加える。

「ちなみに、俺は来月企画が一段落したら、息子と二人でしまなみ海道を自転車で走破する計画だ。ボーナスで息子にもクロスバイクを買ってやった。男子たるもの、一度は自分の足で海を越えるべきだろ」

誰も聞いてもいないのに、坂巻が胸を張った。

「自分の足でというなら、歩きじゃないですか?」

堀が突っ込む。

「全長七十キロもあるんだぞ。熱中症でぶっ倒れるだろうが」

「奥さんは家で留守番ですか?」

千穂が尋ねると、坂巻は首を横に振った
「同時期に妹と二人で台湾に行くらしい。要するに、家族であっても人は一人なんだ。無理に全員で行動する必要はない。つまり、一億総孤独時代なんだよ。なのに、編集局長も高橋も分かってねえよな。センスってもんがない」

話題が変わったのを潮に、柿沼は引き上げた。堀も背中を丸めてパソコンを打ち始める。

「『明日の家族』ってタイトルも、ぼんやりとしてるよな? 明日っていつだかはっきりさせろって話だ。それより何より、お前が腰砕けだったのが問題だ。ちっとは援軍として期待してたのによ」

そう言われてうつむく。

ヒントをつかんだと思ったのに、会議でうまく発言できなかった。

一億総孤独なのかどうかはともかく、一人の人にも焦点を当てるべきだ。絆《きずな》を全面的に肯定するべきではない。

自分としては確信があったのに、なぜ高橋や他のメンバーに上手に伝えられないのか。自分が歯がゆくてしようがない。

説明が下手な人間は、地頭《じあたま》が悪いという。

自分はそれではないかと不安になってくる。頭がいいと思ったことはないが、特別悪くもないと思っていたのだが……。

ともかく、坂巻の提案は高橋とその他のメンバーに相手にされなかった。

社会部の二人の案と柿沼の案は、大筋で似ていたので、二つを高橋がまとめ直して久保田編集局長に諮《はか》ることになった。

それで決着かと思ったが、坂巻は納得しなかった。

机を叩《たた》きながら長広舌で粘ったので、根負けした高橋が、坂巻の案も併せて久保田に提出することになった。

当然ながら、久保田にも坂巻案は一蹴された。

家族がいらないだなんて、何を考えていると激怒していたらしい。

確かに、極端すぎる。でも、一考の余地はあると千穂は思うのだ。少なくとも、絆をまったく疑問を持たずに支持するよりはいい。

とはいえ、決まったことはしかたがない。

「俺は諦めねえ。上原、お前も諦めるな。諦めたらそこで終わりだぞ」

スポ根漫画の登場人物のように、坂巻は熱く語った。それにつれて、千穂は冷めていった。

「そうは言っても、決まったことですから。企画班の多数決でも、局長裁定でもダメだったわけですよね」

組織の一員である以上、決まった案には従うべきだと思う。そうでなければ、物事は前に進まない。

しかし、坂巻は首を横に振った。

「お前、民主主義ってものを理解してないな」

「は？」

「局長裁定なんて、独裁政治みたいなもんだろ。当然、論外だ。気にする必要はねえ。あと、誤解してる人間が多いんだが、多数決も民主主義とは別ものだ」

内心、首を傾《かし》げる。

多数決には、従うものだと思っていた。

「少数意見も生かしてこその民主主義ってものよ。決められた通りにほいほい動くやつは、受けがいいだろう。上に評価されるかもしれん。でも、それは能力があるからじゃねえ。便利な存在だからだ。俺に言わせりゃ、ただの思考停止だな」

ドキっとした。

真剣さが足りないから、多数決の結果や上が決めたことをそのまま受け入れてしまうのだ。

真面目《まじめ》だけど、真剣じゃない。

以前、生活情報部の編集委員の静内《しずない》に指摘され、自分でも気にしていた。

坂巻は、まさにその点を指摘している。

「どうすればいいんでしょう」

坂巻はわざとらしいため息をついた。

「しようがねえな」

一億総孤独時代のコンセプトに合うエピソードを強引に企画にねじ込むのだと坂巻は言った。

「最悪、一行でも、二行でもいい。具体的にどうするのかは、自分で考えろ」

「……はい」

自信がなさそうな返事だったせいだろうか。坂巻はさらに詰めてきた。

「一回目は総論だったよな。お前、連載二回目と四回目の担当だっけ」

「はい」

両方とも、取材をしてメモを出すメモ出し要員だ。原稿をまとめるアンカー役は、別の記者がやる。

中央新聞では、週刊誌のように、データを出す「データマン」と、原稿をまとめる「アンカーマン」の役割をはっきりとは分けていない。しかし、アンカーのほうが、メモ出し要員より格上であるのは変わりない。

「とりあえずは、二回目か。どんな話だっけ」

「血縁ではない縁で結ばれた家族についてまとめるそうです」

柿沼の案を元に作られた回だ。

アンカーは同期の相沢。何を思ってか、彼は自らアンカーに手を挙げた。

取材対象は、子連れ同士の再婚、養子縁組など、新しいスタイルの家族。

そこに、一億総孤独時代に関連したエピソードをどう盛り込めばいいのだろう。

子連れ同士の再婚だって、養子縁組だって、基本的にはよいものだ。今後、増えていくだろう。

家族なんていらないという話には、持っていきようがないような気がする。

強いていえば、相手の連れ子に対する性的虐待の話題なんかは、当てはまるかもしれない。連れ子にしてみれば、虐待をするような家族はいらない。

しかし、それは家族の問題である以前に事件であり、犯罪だ。

犯罪は企画の主旨に合わないから、エピソードから除外するようにとのお達しが高橋から出ている。

となると、子ども側の視点がいいのだろうか。

たとえば、親だと思っていた父母が、男、女だったと知るのは、年頃の子どもにとっては、ショックだろう。親が自分以外の誰かに夢中になるのを受け入れられず、悩む子は多そうだ。

でも、それでは目新しさがまったくないような。

パソコンのキーをカタカタ鳴らしていた堀が顔を上げた。

「上原さんって、たまにそうやって固まりますよね。真面目すぎるんですよ。とにかく動いてみればいいんじゃないですか。運がよければ、何かに当たりますよ。当たるも八卦《はっけ》、当たらぬも八卦」

絶好調な人間のアドバイスだ。素直にうなずいた。

「そうだね。そうかもしれない」

「上原はともかく、堀。お前はハズレが多すぎだ。商店街のくじ並みだぞ。給料を原稿の行数で割ってみろよ。他人と比べてものすごく割高だぞ。闇雲に動き回ったら、交通費だってバカになんねえ。せめて、俺みたいに自転車で通えよ。そうすりゃ、遅くなってもタクシーで帰る必要がない」

坂巻のお目玉を食らい、堀が首をすくめた。

「これこれ！　見てくださいよ。この春撮ったものなんですけどね」

森口依子《もりぐちよりこ》は、スマートフォンに表示した写真を千穂と相沢に向かって差し出した。

二人で顔を寄せるように覗《のぞ》き込む。

運動会の一コマだった。

ブルーシートに広げた弁当を依子と夫、そして五人の子どもが仲良く囲んでいる。山盛りになっている唐揚げが美味《おい》しそうで、唾が湧《わ》いた。

「今どき、大家族ってめずらしいでしょ？　いろんな人に声をかけられました。年があまり変わらない子を五人も産むなんてすごいですねって。本当は二人だけなんだけどね。もちろん、ウチは子連れ再婚だってカミングアウトしてますよ。隠す必要なんて、何もないもの」

そう言うと、晴れやかに笑った。

子連れ再婚をした人たちの交流サークルに連絡を取り、取材に応じてくれそうな人を紹介してもらった。その一人が、彼女だ。

他にも何人か興味を示してくれる人はいたのだが、子どもの数が多く、家族全員の写真もOKしてくれた彼女に取材を依頼した。

小柄ながら肉付きがよく、パワフルな印象を与える人だった。美人ではないけど、かんじがいい。

今年四十三歳になったそうだが、パーマをかけた短髪が、笑うたびにふわふわと動いて、若々しい印象だ。

依子は、今年初めに小学生の娘二人を連れて離婚した後、中学生の女の子と小学校低学年の男児二人を持つ男性と再婚した。男性のほうは前妻と死別している。

欧米では子連れ同士の再婚は珍しくもないが、日本ではまだ少ない。でも、徐々に増えているし、昨今の離婚件数の多さを考えると、今後、一大勢力を占めるようになるだろう。

一家は再婚を機に、私鉄で新宿から四十分ほどの街に移り住んできたという。

相沢と千穂が今いる場所だ。

柱や壁のかんじからみて築年数は古そうだが、間取りは4LDKでゆとりがある。

広さと周辺環境が、この家を選んだ決め手だと依子は言った。

周りは子育てには絶好の緑豊かな環境だ。家の前にも、小さい庭があり、行儀よく並べられたプランターには、色とりどりのペチュニアが咲いている。

しかし、どことなく落ち着かない部屋だった。

たぶん、モノが多いせいだ。

壁際の本棚には、絵本から学習参考書まで様々な本が雑多に差し込まれており、部屋の隅のカラーボックスには、ぬいぐるみやポータブルゲーム機が、乱雑に放り込まれている。居間から丸見えのキッチンはさらに雑然としていた。冷蔵庫には、学校からのお知らせらしきプリントが、所狭しと貼り付けられている。

相沢が手帳を見ながら質問を続けた。

依子は、笑みを浮かべながら淀《よど》みのない口調で一つ一つに答えていく。

「再婚前に不安だったこと？　もちろん、お互いの子どもたちとうまくやっていけるかどうかですよ。同居のお試し期間みたいなものを設けられたらよかったんですけどね。ウチの家族の場合、人数が多いから、３ＬＤＫのマンションでは入りきらないんです。だから、同居はぶっつけ本番だったの。でも、案ずるより産むが易《やす》しっていうんですか？　子どもって、適応能力があるから、全然大丈夫でしたよ」

「なるほど、そういうものですか」

相沢は、神妙な顔つきでメモを取っている。

彼は一般の人を取材した経験がほとんどないそうだ。支局時代は、一年目が警察、二年目が県庁でその後ずっと政治部で政治家が相手だ。

要領が分からないというので、一発目の取材には同行することにした。

「困ったことと言えば、周囲の無理解ですね。実家の両親や兄弟、友だちなんかには、親の都合で子どもを振り回すのは可哀想《かわいそう》だからやめておけって言われました。女である前に、母親であれって言うんです。でも、優先順位をつけるような問題じゃないでしょ。どっちも大切にする生き方が認められないような、息苦しい国であってはいけないと思うんです」

そう言うと、依子は肩をすくめた。

「相手が連れ子を虐待したらどうするんだなんて言う人もいました。偏見ですよね。そういう事件が現実にあるから、心配なのは分からないでもないけど、特殊なケースですよ。そんな偏った情報に振り回されて、再婚を諦める必要はないと思います。血縁がなくても、本当の親子になれます。ウチがいい例です。そのことをもっと多くの人に知ってほしいから、取材に応じました」

力強い口調に気おされるように、相沢がうなずく。

「予想外によかったことはありますか？」

「それはもう、数え切れないぐらいですよ。私、週に三日、近くの病院の配膳室で働いているんですが、遅番のときには、中学生のお姉ちゃんが下の子たちの面倒を見ていてくれるし、ご飯も用意しておけば食べさせてくれるんです。夫が急な残業でも、ぜんぜんへっちゃら」

そう言うと、依子は思い出したようにうなずいた。

「あと、やっぱり両親がそろった家族のほうが、居心地がいいっていうか……。親子連れが多い行楽地なんかで、肩身の狭い思いをしなくてすむでしょ。片親だけの家族を見ると、ちょっと可哀相だなって思ったり。そうそう、今年は、四年ぶりに海に行ったんですよ。写真、ご覧になります？」

スマホを操作し始めた彼女の横顔を見ながら、モヤモヤとしたものを感じた。

肩身が狭いとか、可哀相だなんて、まるで、一人親家庭に問題があるような言い方ではないか。両親二人がそろっているのが正しい家族のあり方だと言っているようでもある。ひと昔前ならともかく、三組に一組が離婚するといわれる現在、そんなふうに思う必要がどこにあるのか。

依子に悪気はないのだろうが、優越感に浸っているような印象を受けてしまう。

一方で、彼女の気持ちも分からないわけではない。

恋人もいなければ、実家も遠く離れている千穂自身も、イベントシーズンは得意ではない。

世間の多くの人が、家族や恋人と浮かれているときに、街を一人で歩くのは寂しい。テレビを見ながら一人でぼそぼそと食べるテイクアウトの弁当は侘《わび》しい。

クリスマスイブに一人でレストランや飲み屋で食事をする勇気もない。せいぜい、牛丼チェーンかファストフードだ。

自分も一人でなくなったとき、「これで肩身の狭い思いをしなくてよくなった」と喜び、一人で歩いたり、食事をしている人を憐《あわ》れむのだろうか。

何かが違う気がするし、そうなりたくないと思う。

相沢は、特に引っかかりを覚えた様子もなく、さらさらとペンを走らせている。

そのとき、チャイムが鳴った。

「あ、誰か帰ってきたわ。ちょっと待っててください。子どもの話も聞きたいですよね」

依子は、いそいそと席を立った。

森口家での取材を終え、相沢と一緒に駅まで歩く。

勤め人が帰宅するには、まだ早い時間だが、それなりに人は多かった。

調布駅周辺の商業ビルや大型スーパーに買い物に来ている女性が多いようだが、男性の姿もちらほらあった。

「こんな時間なのに、何してるんだろう。年金暮らしの年寄りってわけでもなさそうだし」

ガラス張りの喫茶店を覗き込みながら、相沢が不思議そうに言う。

「みんながみんな昼間働くサラリーマンじゃないもの。あと、休みが土日じゃない人も多取材の大半が永田町周辺だから、相沢は昼間の郊外の街の様子を知らないのだろう。

そう思って言ったのだが、相沢は口元を歪《ゆが》めた。

「要するに負け組か。サラリーマンにしたって、こんなところから何十分もラッシュに揉《も》まれて、都心に通うなんて正気の沙汰《さた》とは思えない」

駅周辺の店も垢抜《あかぬ》けないし、とてもこんなところには住めないと相沢は言った。

「ま、年収五百万程度で子どもがいたら、そういう暮らしに甘んじなきゃいけないんだろうけど」

厳しい反論の言葉が飛び出さないよう、千穂は唇を強く噛《か》んだ。

相沢の病気を知ってから、ネットを検索してうつ病患者との接し方を復習した。本格的なうつではないと言っていたが、接し方の基本は同じだと思ったからだ。

相手に寄り添う気持ちで接するのがいいという。

だから、手厳しい反論は御法度《ごはっと》だと思うのだが、自分は勝ち組だとでもいうような口ぶりに腹が立つ。

鞄《かばん》の重みに身体を傾けながら、土気色《つちけいろ》の顔で歩いている相沢のどこが勝ち組なのだ。

怒りを飲み下し、話題を変えた。

「それより、さっきの森口家、どう思った？」

「ありがちだけど、記事にはぴったりだ。家族全員そろっての写真取材もＯＫだって言ってたよな。公園かどこかでピクニックでもしているところを写真部に撮ってもらえば、それで一丁上がりだ」

「それはそうなんだけど……。子どもたちは、本当のところどう思ってるのか気になって」

今日は、中学二年の女子生徒と、小学三年の男児の二人に会えた。二人とも、新しい環境にすっかりなじんでいるようで、明るい口調で話をしてくれた。

しかし、口に出すのが本音とは限らない。

そう言うと、相沢は笑った。

「政治家じゃないんだから、嘘《うそ》つく必要なんてないだろ。それに、仮に本音が違っていたって、何が問題なんだ？　よく書いてやれば、抗議なんて来ないよ。むしろ、喜ばれるだろ」

「それでは事態が伝わらないでしょ」

「難しく考えなくてもいいんじゃないか？　っていうか、楽な回だと思ったから、アンカーに手を挙げたんだけどな」

まるで、話を複雑にするなと言わんばかりの態度だ。

またもや反論の言葉を飲み下す。

腫《は》れ物に触るような態度もよくないはずだ。

そう思っても、病人であることを意識してしまい、強い態度に出られない。そもそも、根っからの平和主義者だ。同僚との口論は避けたい。

駅の入り口が見えてきた。

「キャップに一本電話を入れていく。先に帰ってて」

相沢はそう言うと、ポケットからスマートフォンを取り出した。

電車の中で話の続きをしたかったので、「待っている」と言おうと思った。

しかし、相沢は一人になりたいのかもしれないと思い当たる。

「お先に」

千穂は相沢に声をかけると、パスケースをバッグの内ポケットから取り出し、改札口へ向かった。

「初回に後藤君が書く総論は、順調にデータが集まってる。相沢、上原コンビも、取材の首尾は上々。出足が好調でよかったわ。この調子で、引き続きお願いね」

高橋はいつになく上機嫌だった。

隣を横目で見ると、坂巻が「話にならない」という表情で首を横に振っていた。

当然だ。相沢と千穂が出したメモには、一億総孤独時代に関連するエピソードは一片もない。

相沢と手分けをして、森口家の他にも、血縁がない家族をいくつか取材した。

不妊治療に取り組んだものの、実子を授かることができず、施設から特別養子縁組によって子を引き取った夫婦。身の回りの世話をしてくれる近所の人と養子縁組をした老婦人。

いずれも血縁がなくても、家族の絆は作れることを示す事例だ。

老婦人のケースは、遺産目的の詐欺だったりしないかと心配になったが、その家に出入りしているヘルパーや縁戚の話も併せて聞き、問題ないと判断した。

「早速、アンカーの相沢君が原稿にまとめてください。早めにお願いできる？　一緒にブラッシュアップしましょう」

相沢が「分かりました」と言って、小さく頭を下げる。

「そういえば、再婚大家族の写真撮影は明後日の日曜だったわよね。時間が決まったら私にメールして。写真部に腕利きを派遣してもらうようにするから。ただし、二人のうちどっちかが同行して。うるさい人だから、撮影を写真部に投げっぱなしにすると怒るのよ」

辻本《つじもと》に頼むのだろう。印象的な写真を取ってくれるベテランだ。

ただし、取材の手抜きを鋭く見抜く。前回、まさにそんなことがあった。

取材には千穂が立ち会うつもりだった。今回は、ぬかりがないようにしなければ。

「三回目と四回目については、引き続き取材を進めて、メモ出しをしてください。アンカーはまだ決めていないけど、メモの内容次第にしましょうか。五回目については、各自が案をもう一度出してください。今日の会議の内容は、メールで欠席の松田君にも報告しておきます」

テキパキと話をまとめると、これで会議は終了だというように、高橋は取材メモをプリントアウトした紙の束をテーブルでトントンとそろえた。

坂巻が咳払《せきばら》いをした。

黙っていると、机の下で足を蹴られた。

千穂は、おずおずと手を挙げた。

「あの、我々の二回目の原稿なんですが、違う切り口のエピソードもあったほうがいいかなって」

高橋は戸惑うような表情を浮かべた。

「たとえば、どんな？」

高橋が尋ねる。

後藤が話を聞こうというように、腕を組んで千穂を見た。

やっぱりフェアないい人だ。勇気づけられた思いで、口を開く。

「たとえば、血縁のない者同士が絆を作ろうとして、失敗するエピソードとかです。というのも、私たちが取材したのは、どれもいわゆるいい話ですよね。いい話ばかりでは、嘘っぽくなるような気がします」

「その通り！」

坂巻が大声で言った。

「さっきから尻のあたりが、むずがゆくてしようがねえ。お前らが取材した家族だって、一皮むいたらドロドロしたものがあるんじゃねえの？　綺麗事《きれいごと》も時には必要だろうが、オンパレードでは胸やけがする。上原、もうちょっと具体的なイメージを話してみろ」

迷ったが、思い切って言った。

「夫婦って血縁がないけど、家族の絆を結んだわけですよね。それが、第三者から見ると、崩壊しているケースって実は多いんじゃないかと」

後藤が組んでいた腕をほどいた。

「セックスレスとかか？　もしそうなら、難しいよ。ウチの新聞は、性の話題を正面から取り上げたがらない。ましてや一面だ。久保田さんが、絶対に認めないだろう。それに、その手の話題は新聞ではともかく、週刊誌とかでじゃんじゃん特集している。久保田さんを怒らせてまで盛り込む必要はないと俺は思う」

千穂が書きたいのは、そういう話ではない。

「そうじゃなくて、たとえば、単身赴任でもないのに離れて暮らす夫婦とか、お互いを頼る気がない夫婦とか……。単純に不思議なんです。夫婦なのに、なんでだろうって。もちろん、他人がとやかく言う筋合いの問題ではありませんけど」

相沢のほうをさりげなくうかがった。案の上、頬を引きつらせている。

坂巻が鼻を鳴らした。

「何が言いたいのか、さっぱり分からん。俺がまとめてやる。端的に言えば、現状で足りないのは、偽りの絆と切れた絆。この二つだな」

断言するように言う。

「俺もあれから考えたんだ。一億総孤独時代がどうしてもいかんというなら、しかたがない。でも、絆という言葉の欺瞞《ぎまん》は暴いてやる必要がある。そうでなければ、こっぱずかしい企画になるぞ」

坂巻ほど乱暴ではないけれど、千穂もそんな気がする。少なくとも、家族愛を絶賛するだけではダメなのだ。

高橋は、様々な形の家族の絆を描けば事足りると思っている節がある。でも、それでは不十分だ。

「セックスレスが無理なら、偽りの絆は仮面夫婦で決まりだ」

浮気癖がある亭主に愛想をつかしつつも、ＡＴＭだと割り切ってる妻を取材しろと坂巻は言った。

「切れた絆は、異常に口うるさい親に子どもが逆ギレして殺してしまった話がいいだろう。

毒親とか言うんだっけ」

高橋が即座に却下した。

「極端な話を入れると、その部分だけ浮いてしまいます。あと、犯罪は対象外だって初めに言いましたよね」

「そうだっけか。ともかく、偽りの絆と切れた絆。この二つが絶対に必要だ」

確かに、そのほうが分かりやすい。

「ところで、上原さんに聞きたいんですけど」

平城が切り口上に言った。

「取材先のあてはあるの？　ただの思いつきなら、話にならないわよ。いつまでもずるずると一つの原稿にこだわってる場合じゃないと思います」

時間の無駄だとばかりに言われ、言葉に詰まった。

「それは……」

平城は唇を歪《ゆが》めて笑った。

「どうせそんなところだと思った。上原さんは、昔からセンスってものがなかったものね」

千穂は、テーブルの下で拳を握りしめた。

自分でもそう思っている。でも、他人から指摘されたくない。そもそも、平城は上司でもない。

なぜ、そんなひどい台詞《せりふ》を同僚に対して吐けるのだ。

悔しい。見返してやりたい。

でも、正直なところ、具体案はない。

「じゃあ、月曜日の夜の会議までに、メドをつけてみて。その結果次第で考えましょう」

高橋がまとめるように言った。

今日は金曜。となると、あと三日しかない。しかも、そのうち二日は土日だ。

高橋は、あくまで反対らしい。

やれることはやってみようと思いながら、ノートを閉じた。


その夜、帰宅の準備をしていると、スマートフォンにメールが着信していた。

相沢からだった。後で電話をしようと思っていたのに、先手を取られてしまった。

――さっきの会議のエピソード、僕ら夫婦のことを指しているんだよね。はっきり言って、余計なお世話だ。

そっけない文面に、怒りがにじんでいる。

やっぱり、まずかったのだろうか。

病状に悪影響を与えてしまっていたらと思うと、申し訳なさでいっぱいになる。

でも、相沢にも一緒に考えてほしかった。

彼の言う通り、余計なお世話だが、病気を妻に隠しておくのがいいことなのかどうか。

しかし、ここまではっきりと拒絶されてしまっては、どうしようもない。

それに、坂巻の指摘も気になっていた。

偽りの絆。切れた絆。

相沢夫婦の場合、そこまでは言えない。

彼らの間には、なにがしかの絆は存在しているのだと思う。それがどういうものなのか、第三者には分かりにくいだけだ。

それより、坂巻の言う方向で攻めたほうがすっきりする。

ふと前島のことが頭に浮かんだ。

あの家族の絆は、崩壊しているはずだ。

身内を取り上げるのは、反則だろう。しかも、相手は雲の上の存在のような上司だ。

私生活にくちばしを挟んで、怒りを買ってしまったらと思うと、気持ちが怯《ひる》む。

それでも、話を聞いてみたかった。

匿名を条件にすれば、記事に使えそうなネタを提供してくれるかもしれない。

前島は確か「当たって砕けろの精神でやれ」と言っていた。

だったら、迷うことなんかない。

時計を見た。九時半を回ったところだ。

パソコンの電源を引き抜いてバッグに突っ込むと、千穂は席を立った。


生暖かい夜風が頰を撫《な》でる。

もう二時間近く、西早稲田の住宅街の路上に立っていた。

前島の自宅は、三十分ほど前まで灯《あか》りがついていた。今は外灯を除いて電気は消され、あたりは静まりかえっている。

会社を出る前に、前島の席のあたりを偵察に行ったが、彼の姿はなかった。多忙な局次長が、十時前に自宅に戻っているとは考えられないから、チャイムは鳴らさず、自宅前で待つことにした。

といっても、同じ場所に立ち尽くしていたら、不審者に間違われて警察に通報されてしまいそうだ。三十メートルほどの距離を行ったり来たりしている。

不審者の資格十分ではあるが、前島の家の前にぼうっと立っているよりは、いくらかマシだろう。

足を止めてガードレールに寄りかかり、右足のパンプスを脱いだ。

豆ができてしまったみたいだ。

お腹がすきすぎて、胃が痛くもあった。

身体の不調は、気持ちをくじく。

スマートフォンを取り出して時間を確かめた。あと少しで午前零時になる。

この場所から最寄りの地下鉄東西線高田馬場駅から、自宅がある中野までの最終電車は、午前零時半過ぎに出る。

そろそろ引き上げようか。諦めたらそこで終わりだが、終電がなくなると同時に、人通りはぐっと減る。

周辺にハイヤーを待機させてでなければ、路上で一人立っているのは怖い。

そのとき、早稲田通りからこっちへ向かってくる光が見えた。車のヘッドライトだ。

まぶしさに目を細めながら、前島の家に向かって歩き出した。

車は、前島の自宅の正面で停まった。タクシーだ。

賭けに勝ったような気分で駆け寄り、前島が出てくるのを待つ。

「前島さん、こんばんは」

声をかけると、前島がぎょっとしたように振り向いた。

「ええっと、君は……」

酒席からの帰りのようで、顔が少し赤い。

タクシーが走り去るのを見届けて、千穂は言った。

「生活情報部の上原です。すみませんが、ちょっとお話を聞かせてもらえませんか？　取材です」

前島は目を瞬《しばたた》いた。

「取材って、いったい何を？」

アルコール臭い息を吐きながら聞く。

「家族の絆についてです」

前島は、ぎょっとしたように千穂を見ると、咳払《せきばら》いをした。

「高橋はこの件について知ってるのか？」

「いえ、私の独断です。この前、奥様の様子が気になったので、失礼を承知で来ました。当たって砕けろの精神です」

前島は自分の言葉を思い出したのか、苦虫を噛みつぶすような表情になった。

身体をかすかに揺らしながらつま先を見つめていたが、やがて顔を上げた。

「個人の家庭に首を突っ込むなと言いたいところだが、それが君たちの仕事だな」

早稲田通りのほうを指さす。

「通りを出てすぐのところに、朝五時までやってるバーがある。そこで話そう」

「はい」

第一関門突破だと思いながら、前島と並んで歩き出した。

そのバーは先客が二人しかいなかった。いずれもカウンターに座っている。髪をオールバックにしたバーテンダーが、千穂と前島にもカウンター席を勧めたが、前島はそれを断り、四人掛けの席に座った。

隣の席との間が、椅子の背と兼用の仕切りで区切られており、電車のボックスシートのようだ。

前島はウォッカソーダを、千穂はジンジャーエールを頼む。

飲み物が運ばれてくると、前島は煙草《タバコ》に火をつけた。

ノーサンキューと言いたいところだが、深夜に自宅前まで押しかけたのだ。これぐらいは我慢するべきだろう。

「で、俺に何を聞きたいんだ」

渋い表情で煙を吐き出しながら言う。

「それが……。私もよく分からなくて」

「なんなんだ、それは」

「今、取り組んでいるのは、血縁のない人が作り上げる絆の取材です。ステップファミリーだったり、養子だったり。でも、それだけだと、どうもいい話すぎるので、逆に絆が崩壊するエピソードも欲しいなと思ったんです」

「で、思い当たったのが俺、というわけか」

前島はテーブルに左肘をつくと、耳のあたりを掌に載せた。

「話してやってもいい。でも、記事にするなら、絶対に仮名だ。俺の名を出すな。高橋にも言うな」

「分かりました」

前島は煙草を消すと、ため息をついた。

「一人娘が、去年家を飛び出した」

「おいくつなんですか？」

「二十七。上原と同世代だな。居場所の見当はついている。連れ戻しにも行った。でも、本人が戻りたがらないどころか、顔も見せてくれない」

「ちなみに、どこへ？」

前島は、苦しげな目つきをすると、ある団体の名前を口にした。

そっと唾を飲み込んだ。

その団体なら、千穂も知っている。

厳密な菜食主義や、化学物質を極端に避ける生活が、世間からは奇異の目で見られており、時々週刊誌などで紹介されている。アーミッシュの日本版と言ったら、分かりやすいかもしれない。

会員たちは、山間地などにある人里離れた施設で、集団生活を送っている。前島の娘がいるのは、その一つだろう。

「本人が望んだことだし、悪事に荷担しているわけでもない。でも、放ってはおけないだろ。まだ若いのに、人生を捨てることはないじゃないか」

「あの……。お嬢さんは、人生を捨てているわけではないと思いますよ」

他人から見たら奇異な生活習慣でも、本人にとっては大切なものなのだろう。それを守る権利が、娘にはあるような気がする。

頭では分かると前島は言った。

「でも、気持ちがついていかない。なんで電気を使わない生活をする必要がある？　若い娘が、石鹼《せっけん》も使わないんだぞ。一週間やそこらなら、まあいいだろう。でも、そうじゃない。最低でも三年は里帰りは禁止だ。そんなに長く集団生活をしてりゃ、中にいる男とくっつく。子どもでもできたら、取り返しがつかない」

「奥様も前島さんと同じ考えなんですか？」

「むろんだ。しかし、娘があんな団体にはまったのは、家内のせいだ。そう思うと、やりきれなくてな」

前島の目が尖《とが》った。

「家内は、安全な食べ物に強いこだわりがあった。ファストフードはもちろん、他人の家でおやつをもらうのも禁止だ。水も、特別に取り寄せているもの以外は飲ませなかった。

給食は身体に悪いからと言って、学校と交渉して弁当も持たせていた」

それでは、友だちとの付き合いすら、おぼつかないだろう。

「お嬢さんは、反抗しなかったんですか？」

「おとなしい子だから、反抗はしなかった。でも、息苦しくは感じていたようだ。家内に内緒で俺と外食するのを楽しみにしていた」

娘が変わったのは、大学時代だと前島は言った。

「俺が妻を説得した。極端なことをしていたら、結婚も就職もできないぞって言って、外食を解禁させたんだ。そうしたら、急に太り始めた。そういう年頃だし、ぽっちゃりしている程度だったから、何の問題もない。ところが、家内が大騒ぎをした。食品添加物や脂が原因だというんだな。そんなバカな話はない。でも体形の変化を気に病んでいた娘は、家内の話を真に受けてしまった。家内以上に神経質になり、妙な方向に走ってしまったというわけだ」

他人事のように言うのが気になった。

「前島さん、諦めてるんですか？」

前島は、グラスの中の氷を指で突いて回した。

「今年の春ぐらいまでは、連れ戻そうと必死だった。今は半分諦めているのかもしれない。慣れてきたからな」

痛みを忘れるのは難しいが、慣れることはできると前島は言った。

「家内は、君も見た通り、まったく諦めていない。週末ごとに施設に連れ戻しに行こうと誘ってくる。でも、一緒に行くのは苦痛だ。家内さえ普通の母親だったら、娘が出奔することはなかったと思うと、憎悪すら湧いてくる。家内は家内で、俺が外食を解禁したのが悪いと言って泣く」

そういうと、前島は薄い笑みを浮かべて千穂を見た。酔いが深まったのか、赤い目がとろんとしている。

「絆とか言ってたよな。そんなものは、ウチでは切れちまった。上原は、俺と家内のどっちのせいだと思う？　遠慮なく言ってみろ」

絡み酒が始まるのか。

時間も時間だしうんざりだが、呼び出した以上、付き合わざるをえないだろう。

「どっちでもないと思います。娘さんのせいでもなくて……。ボタンの掛け違えみたいなものじゃないでしょうか」

他に答えようがないからそう言った。

前島から目をそらし、ジンジャーエールを飲む。生姜《しょうが》のさわやかな香りが鼻腔《びこう》を突き抜ける。

「で、どうだ。俺の話は、使えそうか？」

少し考えて首を横に振った。

無理だろう。高橋は、極端な事例はいらないと言っていた。

「お話を伺っておいてナンですが、事情が特殊なので、原稿になじまないようです」

「そうか。しかし、俺なんかを取材しているところをみると、期待薄だな」

高橋の名誉のために、この取材は独断だと念押ししようと思ったが、前島は千穂に構わず続けた。

「高橋の企画案を見たとき、おっと思ったんだがな。俺の読みたい記事が読めるんじゃないかって期待してた」

「読みたい記事？」

「俺だって、今のままではダメだって分かってる。でも、俺と俺の家族は、いったいどこへ向かえばいいんだ？　正直なところ、見当もつかない。せめて、ヒントが欲しい」

前島の声には、切実な響きがあった。

千穂はうなずいた。

久保田局長は、この企画を女子どものためのものだなんて言ってたけど、働き盛りの男性だって、家族の問題で行き詰まるときには、行き詰まる。

当たり前だ。人生は予習できない。家族であっても、他人をコントロールすることはできない。

立ちすくんでいる人たちに、「あなただけではないですよ」と呼びかけ、様々な選択肢を提示するのが、企画の狙いだ。

地図は描いても、航路は描かない。どこへ向かうかは、人によって違う。

だからこそ、絆を連呼してはいけないのだ。

前島には、娘の奪還を諦める、妻と離婚するという選択肢がある。絆を絶対視して、それを封じてはいけない。犯罪まがいの極端なケースでなくても、絆を切ったほうがいい場合はある。

そして、ようやく思い当たった。

ステップファミリーは、絆を新たに結び直した人たちだ。

前の絆を切ったからこそ、結び直すことができた。

その事実を書くだけで、坂巻が指摘した「切れた絆」の問題は、クリアできる。

ネタは取れなかったものの会いに来てよかったと思いながら、前島を見た。

話し疲れたのか、半分眠っているような目で、宙を見つめている。

「ありがとうございました！」

声が大きすぎたのか、カウンターの客が振り向いた。

「今日はわざわざありがとうございます」

公園のブルーシートにサンドイッチや唐揚げを広げた森口一家に向かって、頭を下げた。

「晴れてよかったわ」

依子が満面の笑みで、会釈を返してくる。

隣にいる夫の靖史《やすふみ》は、薄毛でポロシャツがはち切れんばかりの体型だが、いかにも好人物そうだ。白い歯を見せて、ニコニコとしている。

五人の子どもたちは、対照的に緊張気味だった。小学生の四人が色違いのTシャツを着ているのが、可愛らしい。中学生の女子生徒も、制服ではないせいか、前に会ったときより幼く見える。

写真部の辻本が、「ちょっといいですか?」と言うと、料理の位置を直し始めた。

その合間に、森口一家の誰にともなく話しかける。

「ピクニックには、よく来るんですか?」

「そうですね。これだけ人数がいると、遊園地の入場料とかが大変なことになりますから」

靖史が悪戯《いたずら》っぽく笑う。

それで緊張がほぐれたのか、子どもたちが賑《にぎ》やかに話し出す。

「来週は、プールへ行きたい」

「ええ? 私ショッピングセンターのほうがいい」

辻本が、カメラを手に声をかけた。

「じゃあ、料理を食べてもらえますか？　できれば、会話もしてください。そのほうが、雰囲気のある写真が撮れますから」

七人はいっせいに料理に手を伸ばした。

「ユキちゃんのお肉大きい！」

「おいおい、欲張るな。卵のサンドイッチは一人一個って決まってるんだぞ」

「お母さん、紅茶飲みたい」

絵に描いたような幸せな一家の姿だった。

でも、前島の家だって、かつてはそうだった。

二つの家族が集まってできたこの一家も、この先どうなるかは分からない。

でも、できるだけ長く幸福な時間が続いてほしいと思った。

ひとしきり撮影がすむと、辻本は森口夫妻に声をかけた。

「撮影した写真を見てもらえませんか。今、パソコンを立ち上げて画像を転送しますから」

どのカットを使うか、相談したいらしい。

顔を出してもＯＫという許可を取ってはいるものの、子どもが写っているため、念には念を入れたいのだろう。

手持ち無沙汰にしていると、野球帽をかぶった男児が話しかけてきた。

「お姉ちゃんは、日曜なのに仕事なんだ。デートとかしないの？」

「いやー、相手がいなくて」

苦笑していると、少し年上の女の子が男児の腕を叩いた。

「たっちゃん、そんなこと言っちゃダメだよ。セクハラになるよ！」

「セクハラなんて、難しい言葉をよく知ってるね」

感心しながら言うと、五人は顔を見合わせて、くすくすと笑った。

「みんな家でもこんなふうに仲がいいんだ」

野球帽の男児がうなずく。

「まあね。毎日が合宿みたいだよ」

「そうそう。親ときょうだいだけじゃないもんね。おウチってかんじじゃない」

女児の言葉にはっとした。

中学生の女生徒が、千穂の表情に気づいたのか、たしなめるように、女児の腕を軽く叩いた。

「そんなこと言わないの。みんな家族でしょ」

「ま、楽しいから、俺はどっちだっていいけどね」

男児は大人びた様子でそう言うと、唐揚げを頬張った。

千穂は、写真を入念にチェックしている依子を見た。

森口家の子どもたちは、自分たちが本当の家族だという意識は薄い。

依子がそれに気づいていないはずがない。なのに、家族としてまとまろうと気を砕いている。

彼女は離婚という経験を乗り越え、新たに「完璧な家族」を作ろうとしているのだ。

口で言うほど簡単ではないはずだ。家族全員が一枚岩でもない。

それでも、依子は果敢に前に進もうとしている。そんな彼女が、周りに対して多少、配慮が欠けたからといって、誰が責められるだろう。

でも、彼女の本音も聞きたい。現実が完璧ではなくても、問題はないのだと伝えたい。

そもそも、誰にとっても完璧な家族の型など、存在しない。自分たちを型に当てはめようとする必要はないのではないか。

現実は現実だ。隠す必要も、恥じる必要もない。

夫妻は写真を選び終えたようだ。辻本がパソコンと機材を片づけ始めた。

「依子さん、ちょっとあっちで話しませんか。この間の取材の続きをしたいんです」

千穂は依子に声をかけた。

生活情報部のデスク席で、高橋が頭を抱えた。

「せっかく写真まで撮影したのに、振り出しに戻ったってわけ？　勘弁してよ」

「すみません……」

千穂はうなだれた。

「ステップファミリーなんて偽物の家族だ、現実を直視するべきっていうのは、上原さんの考えというか、坂巻さんの主張でしょ。森口さんにとっては、余計なお世話だわ。せっかく取材に応じたのに、そんなことを言われたら、気を悪くするのは当然よ」

千穂は唇を噛んだ。

そこまで失礼なことは言っていない。

――子どもたちは合宿みたいで楽しいと言っている。森口家は、血がつながっている家族とは違っているが、それも家族の一つの形ではないか。

そう伝えただけだ。

偽りの絆だなんていうつもりはないけれど、結び目の形は前と同じではない。それでいいのではないかと問いかけた。

しかし、「本物の家族」にこだわりがある依子は、千穂の言葉を自分たち家族への侮辱と受け止めた。その場で記事の掲載を拒否され、今朝、高橋に抗議の電話をかけてきたというわけだ。

傷つけてしまったのは、申し訳ないと思う。せっかくのピクニックも台無しになってしまった。

依子とは、少し離れた場所で話をしたのだが、彼女のヒステリックな声は、夫や子どもたちにも届いていた。

「それより、どうするの？ 相沢君だって困るでしょう」

「別のステップファミリーを取材します。メドはついています。相沢記者にも伝えました。私に任せるって」

今朝一番に依子を紹介してくれたサークルの代表者の男性に電話をした。事情を説明しておく必要があると思ったのだ。

そのうえで、断られるのを覚悟して別のステップファミリーを紹介してほしいと頼んだ。

彼はいったん電話を切ると、三十分後に再び電話をかけてきた。妻と相談した結果、自分たち家族が取材に応じてくれるという。

ただし、家族写真の撮影で、子どもの顔を写さないという条件だ。

「取材が夜なので、写真は外ではなく、その方の自宅になります」

「それは構わないけど……。ともかく、今度は自分の考えを押し付けないようにね」

高橋はそう言うと、千穂を追い払うように手を振った。

そのとき、坂巻がさっと隣に立った。

「ちょっといいか？ 話が聞こえちまったもんでな」

高橋は不愉快そうに眉を寄せた。

「上原の取材した話、使えよ。俺が言った偽りの絆だ。子どもたちの言葉をそっくりそのまま記事に盛り込め」

高橋は坂巻をじろりと見ると、冷たく言い放った。

「森口さんに、取材拒否されたんですよ。彼女をこれ以上傷つけるわけにはいきません」

「でも、事実は事実だろ。必死に家族を演じようとしている母親に子どもが反発している。偽りの絆そのものじゃないか。厳しい現実を容赦《ようしゃ》なくあぶり出すんだ。その覚悟がなくて、何が一面企画だ」

高橋は、話にならないと言うように首を横に振ると、パソコンのキーを叩き始めた。いたたまれなくなって、その場を離れた。

千穂だって、エピソードを使ってもらいたい。でも、依子の気持ちがこじれてしまった以上、無理だ。

坂巻が追いかけてきて、後ろから肩を叩いた。

「見直したぞ。取材力、あるじゃないか」

取材力があるなんて言われたのは初めてだ。でも、素直に喜べるわけがない。

話を聞き出せても、記事にできなければ何の意味もない。相手との関係づくりも含めて取材なのだ。

坂巻を無視して席に着いたが、解放してくれそうにはなかった。

椅子の背を抱くようにして座ると、坂巻は言った。

「別の家族を取材するんだって？　うまくやれよ。今度は取材中に記事の趣旨や自分の考えを口にするな。話を聞くだけ聞いて、記事は自分の思うように書け。いい話が出てこなかったら、さっきの話を強引に書くことだな。俺が高橋を説得してやる」

千穂は、椅子を回して坂巻の顔をまじまじと見た。

坂巻は、社内の人間に対してはこの上なく横暴だ。でも、取材先は大切にする。なのに、なぜ相手の気持ちを踏みにじったり、だまし討ちにしたりしろとけしかけるのだろう。

解せずに黙っていると、坂巻は鼻で笑った。

「ビビッてるのか？　抗議が来たとしても、事実は事実だ。訂正を出すような話じゃない。そもそも記者なんてものは、取材相手を怒らせてナンボだ。軋轢《あつれき》を恐れていたら、ちょうちん記事しか書けねえぞ」

取材相手が公職にある人間、あるいは企業だったら、坂巻の言う通りかもしれない。でも、今回取材の相手は普通の人だ。

「それはちょっと……。私は、フェアにやりたいんです」

坂巻の台詞を真似《まね》して言ってみた。

坂巻は腹立たしげに、鼻息を吐いた。

「だったら、お前、何かアイデアあるのかよ。偽りの絆は絶対に必要だ。あるのとないのでは、記事の印象がまったく違ってくる」

それは確かにそうなので、しぶしぶうなずいた。

「ええ」

偽りの絆という言葉を使う必要はない。でも、血がつながっており、両親と子どもがそろった標準家族が、絶対的な善ではない。

自分たちが標準に当てはまらなくても、肩身が狭い思いをする必要はない。標準家族が、そうではない家族に対して優越感を抱く理由もない。

それを記事を通して読者に伝えたい。

「私なりに取材してみます」

真剣に言ったつもりなのに、坂巻は首を横に振った。

「お前の取材力じゃ心もとない」

どの口でそれを言う。さっき取材力があると言ったばかりではないか。

困惑していると、坂巻は吐き捨てた。

「久保田の野郎をコテンパンにへこませないと、俺の腹の虫が収まらねえんだよ。絆だと？　ふざけるな、だ。人間誰しも孤独なのに」

ふと疑問に思った。

坂巻は、浪花節《なにわぶし》が大好きだ。絆は、いかにも彼好みの言葉だ。

なのに、なぜこれほどまでに、絆という言葉を嫌い、孤独にこだわるのだろう。

しかし、坂巻を取材する気には、さすがになれなかった。前島は人格者だが、坂巻は理不尽大王だ。

さっさと話題を変えることにする。

「ところで、坂巻さんのほうは、どうですか？　三回目の担当でしたよね」

アンカーは後藤だ。坂巻はメモ出しをする。

「あれな。俺は降りた」

うそぶくように言われ、耳を疑う。

「下らねえから、グループから抜けたんだよ」

「高橋さんは……」

そんな勝手なふるまいを認めたのかと尋ねかけたが、途中でやめた。

考えてみれば、坂巻が降りたからといって、誰もとばっちりは受けない。

それどころか、歓迎されるだろう。グループを引っかき回すだけの迷惑な存在だ。

「というわけで、お前を援護してやる。森口とかいう女の連絡先を教えろよ。俺が腹を割って話せば、その女も分かってくれる。あるいは、亭主のほうと話をつけてやる。それなら、フェアだろ?」

よくもまあ、そんな有難迷惑な提案ができたものだ。

これ以上、依子を傷つけたくなかった。訳の分からない坂巻の話に付き合わせては、気の毒だ。

「いえ、それは……」

坂巻がぎょろりとした目で睨みつけてきた。

「せっかく親切で言ってやってるのに、俺に逆らうのかよ!」

割れんばかりの声で怒鳴りつけられ、身体が震えた。

いつもこうだ。

坂巻の怒鳴り声に怯んで、言いなりになってしまう。そして、心の中でパワハラだと愚痴るのだ。

でも、今回は譲りたくない。譲れない。

平和主義者だと言い訳して、逃げるのはもう止《や》めだ。人には、戦わなければならないときがある。

千穂は坂巻を見返した。

「なんと言われても、教えられません」

それだけ言うと、素早く椅子を回して、自分の机に向かう。

心臓がバクバクする。手も情けないぐらい震えている。再び降ってくるであろう怒鳴り声に備え、身体を固くする。

背後から舌打ちが聞こえてきた。

「高橋はともかく、俺にまで楯突《たてつ》くなんてありえねえ」

つぶやきのような声だった。

嵐の前の静けさだろうと思いながら、なおも身構えていると、新聞を広げる音が聞こえた。

拍子抜けする思いで、後ろをちらっと振り返る。

坂巻は、椅子でふんぞり返って新聞を広げていた。

千穂はそっと息を吐き出した。


交流サークルの代表者の取材は、滞りなくすんだ。

彼は三年前に、女児を持つ女性と結婚した。半年前に男の赤ちゃんが生まれ、現在は四人家族だ。上の子は小学五年生になる。

男性は、学校の授業参観に出席するなど、父親としての役割をこなしている。しかし、女児は彼を「お父さん」ではなく名前で呼ぶそうだ。

「それで構わないと思っています。どんな呼び方をしようと、僕らが家族である事実は変わりませんからね」

　そう言われ、ほっとした。

　この言葉を盛り込めば、絆の形は家族ごとに違うし、違っていて問題ないのだというメッセージを伝えられそうだ。

　写真撮影を終え、女児が自室に引き上げたのを見計らって恐る恐る妻に離婚理由を尋ねたところ、性格の不一致という答えが返ってきた。

　具体的な話を聞きたいと言うと、隠すことでもないからと言って、淡々と話し始めた。

「前の夫は仕事人間で、子育てや家事を私にまかせっきりでした。結婚前の約束と違うって何度も言いましたが、取り合ってもらえませんでした。産休のうちはまだしも、仕事に復帰したら、とてもやっていけないと思いました。実際、そうでした」

　離婚を決意するまでの二年間は、家庭内が常に緊張状態にあったという。

「毎日、怒鳴り合いの喧嘩をしてました。そうしたら、子どもが常に私の顔色をうかがうようになって」

　離婚も選択肢の一つと考えるようになったそうだ。

　いざ話を切り出してみると、前夫は聞く耳を持たず、実家の両親にも大反対されたという。仕事と育児の両立が無理ならば、専業主婦になればいいと諭されたそうだ。

「もちろん、子どもはかわいいですよ。でも、納得できませんでした。離婚にこぎつけられたら、この苦しみから解放されるんだって毎日自分に言い聞かせながら、孤軍奮闘してました。離婚してシングルマザーになったら、さらに大変なのは分かっていましたが、話が違うと怒り続けるよりは、ましです」

そう言うと、彼女は笑った。

「なのに、離婚届を提出した瞬間に感じたのは、解放感じゃなくて、心細さや孤独感だったんですよ。人の気持ちって分からないものですね」

離婚と同時に、別の会社で働き始め、その一年後に現在の夫と知り合い、半年後に結婚したそうだ。

今の夫は、育児や家事にも協力的だという。

前夫は二カ月に一度、子どもを食事に連れ出しているそうだ。前夫にも恋人ができ、三人で遊びに行くこともあるという。

「普通の家庭とは違いますけど、この形が私にも前夫にもベストだったんだと思います。ただ、子どもにとってどうかは、別の話ですよね。ベストだと思ってもらえるように、今の家族で頑張っていきます」

帰社後、取材メモをまとめて高橋に送信すると、すぐにＯＫという返信が来た。

あとは、アンカーの相沢が原稿をまとめるのを待つだけだ。

——新たな絆を結ぶには、古い絆を切らなければならない場合もある。絆の形は、家族によって違う。

その二点が伝わるようにしてくれと要請し、高橋も承知してくれたから、おそらくイメージ通りの原稿になる。

どうなることかと思ったが、なんとかここまでこぎつけられて、ほっとした。

しかし、ゆっくりはしていられない。

次の回の取材が控えている。四回目と五回目のテーマについても、案を練らなければならない。

アンカーは、一回目は後藤、二回目は相沢。三回目は再び後藤で、四回目と五回目は決まっていない。

次の日の夕方、自分の机で調べものをしていると、スマートフォンが鳴った。坂巻からだった。

「今どこだ」

「会社ですけど」

「今日組む原稿は書いていないよな？　だったら、すぐに出てこい。アポが入っていたらキャンセルしろ」

嫌な予感を覚えながら、どこへ行くのか尋ねると、三十分後に新宿駅で待ち合わせだと言われた。

新宿という地名が引っかかった。森口家は、新宿から私鉄で三十分ほどのところにある。

「どこへ行くんですか？」

「森口家に決まってるだろ。アポを取ったから、さっさと来い。西口地下街にある交番前あたりで待ってる。分かるよな。分からなきゃ、調べろ」

坂巻は一方的にそう言うと、電話を切った。

どんよりした気分で、携帯電話を机に置く。

原稿に必要な材料はそろっている。今さら、依子に会う意味がないし、彼女だって千穂の顔など見たくもないだろう。ましてや、坂巻とも会いたくないはずだ。

呼び出しを無視しようかと迷っていると、隣の席から、堀が話しかけてきた。

「理不尽大王がまた何か言ってきたんですか？」

「うん。企画の取材で、ちょっとトラブルがあってね」

「首を突っ込んできたってわけですか」

顔をしかめながら言う。

「そうなの。一応、決着した話なのに、なんで蒸し返そうとするんだろ。あの人がやることは、一から十まで訳が分からない」

そう言いながら、疑問に思った。

坂巻はなぜ依子の自宅を知っているのだろう。

教えた人間がいるとしたら、一人しかいない。

今さら文句を言っても、何の解決にもならない。でも、気持ちが収まらなかったので、相沢のスマートフォンを鳴らした。ツーコールで相沢は電話に出た。

「上原ですけど、ちょっと教えて。坂巻さんに森口さんの連絡先を教えた？」

相沢はあっさり認めた。

「うん。問い合わせがあった」

「なんで、教えちゃったの？」

強い口調で詰問してしまい、すぐに後悔した。

相沢が坂巻と顔を合わせたのは、数度にすぎなかった。変わり者だと察しはついても、理不尽大王だとは知らないはずだ。

すると、相沢は意外なことを言い出した。

「写真をプレゼントしたいって言うからさ。ピクニックの写真をウチで撮っただろ？　みんな笑顔のいい写真だし、紙面で使う予定もない。迷惑をかけたお詫びとして、大きく引き伸ばして郵送するっていうんだ。別に問題ないだろ」

不覚にも、感心してしまった。よくもそんな悪知恵が回るものだ。

しかし、そういう話ならば坂巻に同行したほうがよさそうだ。

写真を口実に強引に森口家に上がり込み、取材をする魂胆だ。なんとしてでも阻止しなければならない。

写真を渡して改めて謝罪をしたら、坂巻がなんと言おうと即時退散だ。

「それより原稿だけど、あと一時間ぐらいでまとまると思う。メールで送るから、何かあったら今日中に連絡して」

明日、高橋が手直しをして、久保田編集局長のチェックを受ける予定だと相沢は言った。記事が掲載されるまでには、まだかなり間がある。しかし、久保田のチェックを受けた後に、デスクや記者の判断で大幅に原稿を直すのは難しい。

「分かった」

坂巻は何を考えているのだと思いながら、通話を終了した。

森口家に着いたとき、日は落ちかけていた。庭先に干してある洗濯物が、夕日を浴びている。

七人家族だけあって、その量は多い。大から小まで様々なサイズのTシャツが、大きさ順に几帳面《きちょうめん》に並べてあった。

坂巻は目を細めると、玄関から屋根先までなめ回すように家を見た。

「いい家だな。都心からこの距離で、これだけの一戸建てを構えるとは、立派なものだ。

この家の旦那はなかなか甲斐性《かいしょう》がある」

「借家だそうです」

依子に余計なことを言ったら、たまったものではないと思いながら訂正する。

坂巻は気にする様子もなく、チャイムを鳴らした。

すぐに応答があった。

玄関先に顔を出したのは、依子ではなく夫のほうだった。ポロシャツにコットンパンツという軽装だ。

「わざわざ遠くまでお運びいただき、申し訳ありません」

にこやかに言うと、家に上がるようにと二人に勧めた。

「とんでもないです。我々はここで……」

坂巻はトレッキングシューズのような紐靴《ひもぐつ》を脱ぎ始めた。

「坂巻さん、夕飯時ですよ。ご迷惑になります。写真だけお渡ししたら、お暇《いとま》しましょう」

焦りながら言うと、森口は気にしないでくれと言って微笑《ほほえ》んだ。

「いいんですよ。家内はあいにく遅番なので、まだ帰っていませんが」

坂巻は、「そういうことだ」と言うと、自分の靴を子どもたちの靴の隣にそろえた。

森口の口ぶりからすると、依子も千穂たちの訪問を了承しているらしい。

千穂に対する怒りは解けたのだろうか。狐につままれたような気分で、千穂も靴を脱いだ。

通されたのは、この前と同じリビングだった。

相変わらず雑然としている。子どもたちが宿題でもやっていたのか、ローテーブルにはノートが出しっぱなしになっていた。

子どもたちは二階の部屋にいるようだ。テレビの音がかすかに響いてくる。

坂巻はソファに腰を下ろすと、手に持っていた紙袋から、額入りの写真を取り出した。

B4サイズの立派なもので、額にはガラスまではまっている。

「改めて見ても、いい写真ですねえ。なんと言っても、皆さんの笑顔が素晴らしい」

そう言いながら、森口に手渡す。

森口は礼を言ってそれを受け取ると、しばらく眺めていた。そして、千穂の顔を見た。

すかさず頭を下げる。

「先日は、本当に申し訳ありませんでした。奥様のお気に障るようなことを言ってしまって」

「いや、それはいいんです。それより、ちょっと待っていてください」

森口は立ち上がると、階段へと向かった。

「おおい、春奈《はるな》、降りてきなさい」

大声で中学生の娘の名を呼ぶ。

軽やかな足取りで、春奈が降りてきた。千穂と坂巻に向かって行儀よく頭を下げると、森口と並んでソファに座った。

森口が口を開いた。

「写真を撮った日の夜、この子が初めて妻に反抗したんです。あの記者さんの言う通りだ、私たちは血がつながった家族じゃない、本当の家族は別にいるって」

千穂は、とっさに言葉を失った。

春奈は、両手を膝の上でそろえ、もじもじしている。

いかにも優等生という雰囲気のおとなしそうな娘から、そんな厳しい言葉が出てくるとは驚きだ。

依子の心中を思って、いたたまれなくなった。

さぞかしショックを受けただろう。

坂巻に肩を小突かれた。

「おい、何をぼうっとしてるんだ。メモを取れ」

「今の話、取材して記事にしていいんですか？」

半信半疑で森口に尋ねる。

森口はうなずいた。

千穂がペンとノートを取り出すと、森口は話を再開した。

「妻は子どもたちが新しい家族になじめるように、心を砕いていました。結婚に当たって、いろいろとルールを決めました」

森口と連れ子たちは、前妻が亡くなった後も、前妻の実家と行き来をしていたが、再婚を機に、付き合いをすっぱり絶ったのだという。

森口は優しい目で春奈を見た。

「春奈は、おばあちゃん子だったから寂しかったようです。新しい家族を大切にしようという気持ちと、おばあちゃんたちの家に行きたい気持ちの間で、板挟みになっていたようです」

小さな胸にため込んでいたものが、千穂の取材がきっかけで、爆発してしまったということか。

「それで、依子さんは……」

「しばらく落ち込んでいましたけど、もともと明るい性格ですからね。春奈たち三人で前妻の実家に遊びに行ってはどうかと提案してくれました。その間、彼女の子どもたちも、久しぶりに実父に会いに行きました。どちらも喜んでくれたそうです。今後も、そういう機会を定期的に持とうと話し合っています」

温かいものが千穂の胸に広がった。

絆は、しなやかなものなのだ。

切ったり結んだりできる。そして、絆は一本ではない。一生の中で、誰とどんな絆を何本結ぶのかは、その人次第だ。

早く会社に戻りたい。戻ってメモを書いて、相沢に送る。そして、高橋と三人で原稿を手直ししよう。

見出しは、「しなやかな絆」で決まりだ。坂巻がなんと言っても譲らない。

森口が千穂に頭を下げた。

「上原さんに取材を受けてよかったです。妻もそう言っています」

「私もよかったです。こんな素敵な話が聞けるとは、思ってもみませんでした」

そして理解した。取材は筋書きのないドラマだ。

あらかじめストーリーを決め、狙ったエピソードを集めるのではなく、出たところ勝負でいいのだ。

「動き回ってみろ」という堀の言葉の真意はこれだったのか。

いつもうまくいくとは限らない。でも動いてみないと始まらない。

坂巻が隣で小鼻を膨らませている。自分の手柄だと言いたいのだろう。

百パーセントではないけれど、認める。あのまま、森口と喧嘩別れをしたままだったら、この取材はできなかった。

玄関のドアが開く音がした。

「ただいま！　遅くなっちゃってすみません！」

依子の明るい声が聞こえてきた。

第３章　自分は自分

朝起きてテレビをつけたら、青い空と緑の芝生が目に飛び込んできた。夏の甲子園大会が開幕したのだ。パリッとしたユニフォームに身を包み、真っ黒な顔をした球児たちが、入場行進をしている。

大会歌「栄冠は君に輝く」を口ずさみながら、出勤の支度をした。

プロ野球やメジャーリーグに興味はないけど、高校野球は欠かさず試合結果をチェックする。といっても千穂の地元、宮城県代表が勝ち上がっている間だけだ。

今年は、私立の強豪校が出場している。

中央新聞の運動面の記事に、「本格左腕のエースとセンス抜群のショートを擁する優勝候補の一角」と書いてあった。

宮城県、そして東北に悲願の優勝旗を持ち帰ってくれるのではないかと、大いに期待している。

夏の楽しみと言えば、そのぐらいしかない。今年は休みを取るとしても、九月になってからだ。

企画が走り出して約三週間。全五回の連載のうち、二回目までしかメドはついていない。

後藤がアンカーを務める一回目の見出しは、「人口減時代」。政府の人口動態調査のデータを軸に、子どもどころか、中年の姿もまばらな過疎地の村の消防訓練や、一学年一クラスとなった都心の小学校のプール開放日などを取材し、まとめたものだ。

二回目の見出しは、千穂が提案した「しなやかな絆《きずな》」に決まった。養子縁組、ステップファミリーなど様々な家族を紹介し、絆を切るのも一つの選択だと提示した。

自分が提案した「絆」という言葉が入ったから、久保田編集局長もさぞかし満足しただろうと思ったが、そうでもなかった。自分のイメージとは違うと、ねちねち文句をつけていたらしい。

最終的にOKが出たのは、森口家のくだりが評価されたからだ。千穂としては大満足だ。

ここまではいいとして、三回目の取材は難航中だった。四回目と五回目に至ってはテーマも固められていない。

候補はいくつかあったものの、取材を始めてみると、思ったようにエピソードが集まらなかったりで、頓挫《とんざ》してしまったのだ。

最初のうちは、効率が悪すぎると感じた。そうではないと、今では思う。取材の相手から聞いた言葉は、たとえ字にならなくても、自分たちの糧《かて》になる。回り道が原稿の厚みを増すのだ。

当面、千穂が注力すべきなのは、三回目の取材だった。

両親と子ども二人の「標準家族」の減少に伴い、家族向けだった企業の商品やサービスが変化しているという内容で、アンカーは後藤だ。

当初、取材とメモ出しは、坂巻と経済部の松田の二人でやる予定だったのに、坂巻が勝手に抜けてしまったため、千穂が代打を命じられた。

後藤は当初、松田と二人で大丈夫だと言っていた。とはいえ、やはり二人では厳しかったようで、千穂に話が回ってきたのだ。

なんでヒラの自分がキャップの尻拭いをせねばならないのか。普通は逆だろう。

しかし、企画班は各部の寄せ集めグループだ。生活情報部の人間の不始末は、同じ部の人間がカバーすべきなのだろう。

今日の午前中は、松田と一緒に新橋にある家電メーカーで、小型炊飯器の企画担当者を取材する。以前は四人家族を想定した五・五合炊きが多かったが、一人暮らしや夫婦二人世帯が増えたのを受け、三合炊きで高機能のものが人気らしい。

千穂も三合炊きだが、学生時代から使っているいたってシンプルな商品だ。この機会に、厚釜とか玄米炊飯機能付きのものに買い替えてみてもいいかもしれない。

新橋にあるメーカーで取材を終えると、十一時二十分だった。少し早いが、会社に戻る前に駅前の雑居ビルの中の蕎麦屋《そばや》で昼食をとることにする。

値段の割にかき揚げのエビが豪華なので、このへんに来たときには、いつも寄る店だ。

松田を誘ってみると、素直にうなずき、ついてきた。

昼休みにはまだ間があるせいか、店内に客の姿はまばらだった。四人掛けのボックスシートに座り、かき揚げざるを注文する。

松田にもお勧めだと教えてあげたが、彼はカレーうどんを注文した。

店内はエアコンが効いているとはいえ、今日はピーカン。気温もうなぎ上りで、五分歩いただけで汗だくになった。よくそんなものを食べる気になるものだ。

感心していると、松田はスマートフォンをいじり始めた。

このあたりは、同期の堀と似たり寄ったりだが、二人には決定的な違いがある。

堀は小柄で空気は読めないものの、お調子者でおしゃべりだ。ひょろっと背が高くぼうっとしてる松田は……。

「ねえ、なんで取材でしゃべらないの？」

松田は、びくっと身体を震わせると、おしぼりを鷲《わし》づかみにした。せわしない動きで、額を何度もぬぐう。

「あの、あの……」

言葉に詰まりながら汗を浮かべている様子を見ていると、千穂までどぎまぎしてきた。

「怒ってるわけじゃないよ。単純に不思議だったの。私に遠慮しているなら、その必要はないっていうか」

約一時間半の取材の間、松田はほとんどしゃべらなかった。正確に言うと、声を発したのは名刺交換で名乗ったときだけだ。

おとなしいを通り越して不気味さすら漂っていた。取材に応じてくれた担当者も、松田の様子が気になるらしく、彼のほうをチラチラと見ていた。

しかし、今日の取材で分かった。

二人で大丈夫だと言っていた後藤が応援を求めてきたのは、松田が使えないからだ。

企画班で一番の若手ということで、経済部の普段の仕事に近い三回目、つまり松田にとって取材がしやすそうな回を高橋は彼に割り振った。

今日の取材も、相手は企業の担当者で、あわよくば記事で商品を宣伝したい様子だったから、しゃべる気満々だった。はっきり言ってしまえば、楽な取材だった。

にもかかわらず、言葉がちっとも出てこなかったのは、どうしてなのだろう。

三角巾《さんかくきん》に割烹着《かっぽうぎ》の中年女性が、威勢のいい声とともに、注文した品をテーブルに載せた。

早速箸を取ったが、松田は膝に手を置き、うなだれたままだった。

あまり深く追及しないほうがよさそうだ。松田も、もしかすると相沢のように心に問題を抱えているのかもしれない。

話題を変えることにする。

「そういえば、ウチの部で私と同じグループに堀君って子がいるんだけど、同期だよね」

松田はうなずくと、ようやく箸を手にした。

「あいつ、元気ですか？」

「頑張ってる。異動してきてすぐの頃は、理不尽大王の攻撃にめげてたけど」

「理不尽大王？」

「坂巻さんのこと。私と堀君のキャップなの。強烈でしょ」

眼鏡の向こう側の目が、線のように細くなった。笑っているようだ。

「あの人、言ってることが、支離滅裂ですよね」

「そうそう。後藤さんみたいな人がキャップだったらよかったのに」

松田の表情がこわばった。

後藤と何かあったのかもしれない。というか、あったのだろう。

一緒に取材に行った若手記者が、一言もしゃべらなかったら、誰だって小言の一つや二つ言いたくなる。そして、後藤ははっきりものを言うタイプだった。坂巻のように理不尽ではなさそうだが、優しいわけではないだろう。

首を突っ込むつもりはないので、話を打ち切る。

それにしても、松田との会話は難しい。食事に専念したほうがよさそうだ。

かき揚げを箸の先で割ると、そばつゆに浸した。衣がしなっとしてしまうのがもったいないと言う人もいるが、つゆに油分を含ませたほうが、そばは美味《おい》しい。

プリッとしたエビを味わっていると、松田が言った。

「今日の取材メモは、どっちがまとめますか？　夜に会議だから、その前に出したほうがいいですよね」

取材でしゃべらないからと言って、やる気がないわけでもないのか。だったら、任せてしまおう。

「私、午後に取材が一件あるから、お願いできるなら、助かる」

書き上げたら自分と後藤にメールで送るように指示を出すと、松田は素直にうなずいた。

そのとたんに不安になった。

大丈夫だろうか。とんでもなく使えないメモが出てきたら、高橋や後藤に怒られるのは松田一人ではないはずだ。

しかし、今さら自分が書くとも言い出しにくい。

松田は、盛大な音を立てて、カレーうどんをすすりあげた。

夜の七時から始まった会議で、後藤は取材状況と、原稿の概要をよどみのない口調で説明した。

「小型炊飯器のほか、野菜の宅配やシャンプーまで、家族向けの商品の需要は減っています。もはや、四人家族が一緒に行動して、一緒に消費する時代ではないということでしょう。小家族、あるいは個人をターゲットにした商品、サービスにビジネスチャンスが大きいと企業はみています。家族向けに力を入れているのは、携帯電話業界ぐらいです。といっても、割引サービスですし、携帯電話はもともと個人向けの商品ですからね」

低いがよく通る声だった。

危ぶんでいた松田の取材メモは、完璧だった。担当者のコメントも的確に抜き出している。

千穂自身が書いても、それ以上のものにはなりそうもない。

頭がいい記者なのだろう。しかし、やはり問題がある。今も落ち着きのない様子で、タオル地のハンカチで汗を拭いている。

後藤の報告が終わると、高橋はうなずいた。

「意見がある人はいる?」

今日は、相沢以外のメンバーが集まっていた。相沢は、病欠だという。

ただの風邪ならいいが、事情を知っているだけに心配だ。

平城が口を開いた。

「一回目、二回目と切り口が違っていて、いいと思います。三回目はこれで決まりでいいんじゃないですか？」

心の中で首を横に振った。

後藤に反旗を翻す勇気はない。でも、このままではダメだと思う。

どうダメなのかうまく説明できないが、二回目と比べて、取材が順調に進みすぎた。粘れば、まだ何か出てくるはずだ。

高橋も浮かない表情だった。

「悪くはないけど、絆っぽい話が出てこないわね」

一回目は、過疎に苦しむ村で、年寄り同士が互いに助け合い、絆を深めているというエピソードが出てきた。二回目はしなやかな絆だ。

後藤は腕を組んだ。

「毎回はいらないんじゃないですか。くどくなってしまう」

平城が大きくうなずいた。

「そうですよ。っていうか、高橋さん。久保田さんの顔色をうかがうのは、ほどほどにしたほうがいいんじゃないでしょうか。まあ、点数を落としたくないっていう気持ちは分かりますけど」

薄笑いを浮かべている。

怒り出すかと思ったが、高橋は不愉快そうに眉を寄せただけだった。

平城の態度はひどい。でも、千穂も高橋は久保田を意識しすぎだと思う。

久保田は初回以来、会議には顔を出していないが、各回のテーマ案や原稿はチェックしている。細かく口を出してくるのだろう。

でも、言いなりになるなんて、高橋らしくない。内心、がっかりだ。

要領がよく、そつのないタイプだが、骨はある。それが高橋有子ではなかったか。

坂巻が口を開いた。

「後藤君、平城君、それは違うぞ」

いつになく、重々しい口調だった。

後藤が目を瞬《しばたた》きながら、坊主頭を撫《な》でる。

「坂巻さんは、絆なんかいらない派ではなかったでしたっけ」

坂巻はうなずいた。

「その通り。絆、絆の大合唱に辟易《へきえき》してる。しかし、絆という言葉を扱う方法はいろいろある。それを逆手にとって、編集局長の言う通り、すべての回に盛り込めばいい。二回目は、しなやかな絆だなんて、中途半端な見出しになっちまったが、俺の一推しは偽りの絆だ。これぞ、一億総孤独時代の裏返しと言えるからな」

　まだそこにこだわっていたのか……。

　白々とした空気が漂った。

　さすがの坂巻も気まずくなったのか、咳払《せきばら》いをした。

「まあ、別の絆でもいいけどよ。ともかく、何か出すべきだ。そもそも、三回目はエピソードにインパクトが足りないんだよ。俺の感想は、『あ、そうですか』だな」

　後藤がむっとしたように、目を尖《とが》らせた。

　さえぎろうとする高橋を制して、坂巻は続けた。

「そもそも、企画の統一テーマは、新しい家族の形だろ？　一人暮らしや、夫婦二人なんて、いまどき珍しくない。だから、インパクトないんだ」

　坂巻のくせに、冴《さ》えている。こういうことがたまにあるから、理不尽大王であっても、侮れないのだ。

「坂巻さん、何かアイデアがあるんですか？」

　高橋が半信半疑の様子で言う。

　しかし、坂巻はきっぱりと首を横に振った。

「ない」

　そう言うと、千穂を見る。

「上原、お前考えろよ」

どうせそう来ると思った。でも、千穂にも異存はない。

「分かりました。高橋さん、後藤さん、追加取材していいですか？」

後藤が高橋を見た。

「僕は構いませんが、四回目、五回目の取材もそろそろ本格的にやらないと、間に合わなくなりますよね」

高橋が頰杖《ほおづえ》をついた。

「そうなのよね……。一週間に期限を限定しましょう。じゃあ、三回目はそういうことで、四回目と五回目について話しましょう。テーマだけでも、今日中に決めたいの」

――新しい家族とは、何だろう。

千穂は考えを巡らせた。


「夏はビールに限るわね！」

高橋は大きなジョッキをひょいと持ち上げると、喉を鳴らしてビールを飲んだ。

「僕はいつでも一杯目はビールです」

堀が、唇に泡をつけて言う。

柿沼は、ホッピーだ。健康診断で痛風の予備軍だと言われたらしい。

千穂は、レモンサワーをちびちびと飲んでいた。考えなければいけないことが山積なので、酔っぱらいたくない。

会議が終わって生活情報部で柿沼、堀と雑談していると、高橋に食事に誘われた。

「柿沼君も、時間があったら付き合って」

誘われてもいないのに、堀も行くと言い出した。

この四人で、テーブルを囲むのは二回目だ。前に行ったのは、しゃれたフレンチだったが、時間が遅いせいもあり、今日はガード下の安い居酒屋だ。

枝豆を頼んだら、旬だというのに冷凍ものが出てきて、がっくりきた。

「柿沼君、堀君、ごめんね。上原さんが企画で手いっぱいだから、しわ寄せが行ってるでしょう」

生活情報部のニュース班の仕事は、二人に任せっぱなしだ。

千穂も頭を下げた。

高橋は枝豆の皿を自分の前に引き寄せた。

「なのに、頼みごとで申し訳ないんだけど、柿沼君、アイデアないかしら。前に作ってもらった案あるでしょ。あの中の企業を取材する回なんだけど、今一つインパクトが足りないのよね」

高橋も、坂巻の指摘をもっともだと感じたのだ。

柿沼は、肩をすくめた。

「取材しているうちに、何か出てくるかと思ったんですが」

「出てこないのよねえ。ファミリー向けが減って、一人暮らし、夫婦二人向けの商品やサービスが増えている事例は集まったけど、もう一歩踏み込みたいの。新しい家族を印象付けるようなエピソードが欲しい」

そう言うと、高橋は枝豆をものすごい速さで食べ始めた。莢《さや》から豆を出すコツでもあるのだろうか。瞬《また》く間に、空の莢が小皿に盛り上がっていく。

柿沼は、ネクタイを緩めると、思案する顔つきになった。

堀が、枝豆に手を伸ばすと言った。

「簡単じゃないですか。新しい家族といったら、今話題のあの問題しかないでしょう」

豆を口に放り込むと、得意げに笑う。

「あの問題？」

「同性婚ですよ」

堀も冴えている。

同性カップル向けの商品、サービスといったら、何があるだろう。

早速考え始めたが、そんな案はとっくの昔に検討済みだというように、柿沼は肩をすくめた。

「ウチの紙面じゃ、ストレートニュース以外の話題は無理だよ。特に一面で久保田さんのチェックが細かく入るとなると……」

高橋もうなずく。

「私もそう思う。久保田さんを説得する自信がない」

声を潜めて尋ねた。

「久保田さんは、同性愛者に偏見があるってことですか？」

今や同性愛者の権利を守り、差別を解消するのは、宗教上のタブーなどがある一部の国や地域を除けば、世界的な流れだ。なのに、偏見を持っている人間が編集局のトップだとしたら、大問題ではないか。

柿沼は、焼き鳥盛り合わせに手を伸ばし、箸で肉片を串から外し始めた。

「あの人が同性愛者を揶揄《やゆ》するような発言をしたって噂《うわさ》を聞いた」

入社十年研修の懇親会で酔っぱらって、女性のような顔だちをしたおとなしい男性社員に、「お前はホモか」と絡んでいたそうだ。

「うっひゃー、生きた化石ですね。いまどき中学生でも、そんな悪ふざけはしないんじゃないですか？」

堀が茶々を入れる。

久保田はそもそも、ホモセクシャルがなんたるものかをよく理解していないのだろう。

性的少数者に対して、無知なのだ。

しかし、千穂は堀のようには笑えない。

宮城県の田舎にある実家の周辺では、おそらく似たような台詞《せりふ》が飛び交っている。千穂の両親も含めて年配の人たちは、レズビアン、ゲイ、バイセクシャル、トランスジェンダーの頭文字を取ったLGBTという言葉すら知らないだろう。

だからこそ、この問題を一面で取り上げるべきだ。啓蒙《けいもう》するだなんて偉そうなことは言わない。現状をただ知ってほしい。

「噂は噂だから、久保田さんがLGBTにどんな意見を持っているのかは知らない。でも、あの人の家族観は、今の与党並みのゴリゴリの保守だ。保守というより、僕に言わせれば懐古主義だけど」

「与党並み、ですか……」

それは確かにきつい。

現在の与党は、女性が活躍する社会を実現すると宣言しているが、閣僚や首相に近い議員の発言の端々に、女性は子どもを産んで家事と子育てをするものだという昔ながらの価値観が透けて見える。

女性議員も例外ではなかった。

昔、南アフリカには黒人差別があった。その中で、黄色人種の日本人は、名誉白人としって扱われていた。それと同様に、彼女たちは、女性であっても自分たちが名誉男性だと思っているのではないか。

「何年か前に与党がまとめた憲法草案に、家族は互いに助け合わなければならないとか書いてあっただろ。久保田さんは、これぞ日本の美しい家族の姿だとか言って、絶賛してた。そんな人が、同性カップルの原稿なんて認めるものか。同性婚を認める条例ができたとか、そういう事実を報じるのが限界だ」

「私も柿沼君と同意見。悪いけど、厳しいわ」

「意外に弱気ですね。高橋さんらしくないような」

つい、本音を漏らすと、高橋は苦い表情でビールをあおった。

「上原さんまで、そんなこと言うの」

「ということは、他の記者からも言われたんですか？」

堀が尋ねる。

「平城さんから、久保田さんの顔色をうかがうなって言われたのよ。上原さんにせよ、平城さんにせよ、言いたいことは分かるわよ。でも、私にも事情ってもんがあるし、久保田さんは簡単には籠絡《ろうらく》できない。二回目だって、さんざん戦ったんだからね」

絆を切るのが正解のときもあるという一文が、久保田のお気に召さなかったらしい。

「なんとか説得できたけど、もうへとへと」

状況は分かった。

それでも、千穂には納得できなかった。

高橋も柿沼も、久保田の反対を恐れて、同性カップルを存在しないものとして、扱おうとしている。

でも、彼らはいる。そして、きっとこれから日本で増えていく。

彼らの存在を無視したら、それは差別の始まりではないだろうか。

新しい家族の形として、彼らも取り上げるべきだ。少なくとも、取材して原稿を書き、それをもとに久保田の説得を試みるべきだ。そうしなければ、自分たちも差別に加担することになってしまう。

そう言うと、高橋と柿沼は顔を見合わせて、気まずそうな顔をした。

「僕も上原さんと同意見ですね。あと十年もすれば、性的少数者は左利きみたいなものだってことになりますよ。そういう人たちの家族こそ、まさに明日の家族じゃないですか。養子を育てながら暮らしているカップルも外国にはいるんでしょ。日本もいずれそうなるかもしれない」

堀が言い、高橋はため息をついた。

「私もデスクじゃなかったら、そう主張する。でも、正論だけではやっていけないのが、組織ってものなの」

そう言うと、前髪をかきあげた。

根元に白いものが混ざっている。長さも中途半端だった。おしゃれな高橋にしては、珍しい。ヘアサロンに行く暇もないのだろう。

初めての企画、しかもあの久保田とやり合うのが大変だというのは分かる。

でも、それでいいのだろうか。高橋は、ＬＧＢＴの話題を盛り込むこと自体に異論はないようだ。なのに、それをしない理由が、久保田の怒りを買いたくないというのでは、あんまりだ。

平城ではないけれど、久保田の顔色をうかがうなと言いたい。

しかし、高橋はこの話は終わったと言うように、焼き鳥をつまみ始めた。

相変わらず早い。せめて砂肝は、もう少しよく嚙《か》んだほうが胃にいいと思うのだが……。

それはともかく、千穂は諦めたくなかった。

ＬＧＢＴの話を盛り込めば、この回はピリッとしまる。坂巻だって、「あ、そうですか」だなんて言わないだろう。

そうは言っても、千穂では久保田にとても歯が立たない。直談判《じかだんぱん》しようと押しかけたって、ハエでも手で払うように拒絶されるだけだろう。久保田はおそらく千穂の名前すら憶《おぼ》えていない。

「前島局次長に相談してみるとか？　私も一緒に行きますよ」

思いつきで言ってみた。

前島は高橋を応援している。しかも、千穂の取材にも応じてくれた。話を聞いてくれそうだ。

しかし、高橋は首を横に振った。

「その手は、最後まで使いたくない。久保田さんが、へそを曲げるから」

ふと、いい案を思いついた。

「坂巻さんに、久保田さんを説得してもらうのはどうでしょう」

高橋と柿沼が顔を見合わせた。

「理不尽大王に？」

「坂巻さんが吠《ほ》えまくれば、久保田さんに勝てるかもしれません」

役職は久保田がはるかに上だが、迫力なら坂巻だって負けない。そしてしつこい。

柿沼が首をひねった。

「坂巻さんだって、久保田さんに負けず劣らずの化石だぞ。味方になってくれるんだろうか」

「化石ですけど、権利とか人権とかに対しては、わりとまともな感覚の持ち主だと思うんです」

坂巻は、嫌っていた女性記者が産休を取る際、産休を気持ちよく取るのは彼女の権利だと言って、擁護していた。

たとえ、性的少数者が個人的に苦手であっても、彼らの権利を守るためだと言えば、力を貸してくれそうな気がする。

理不尽なところは多々あるものの、筋は通す男なのだ。

力説すると、高橋は苦笑いを浮かべた。

「無理、無理。かえって事態が複雑になるだけよ。それより、どう取り上げるのかアイデアはあるの？」

少し考えて言った。

「同性婚の結婚式を受け入れているホテルや式場なんてどうでしょう」

すぐに思いつくのは、その程度だ。

「同性婚がテーマじゃないから、ちょっと違うと思う。他の事例が炊飯器とかシャンプーとか、生活に密着したものでしょう。一緒に並べて違和感がないものがいいわ」

「分かりました。調べてみます。いい取材ができたら、原稿に採用してもらえますか？」

勢い込んで言うと、高橋はため息をついた。

「後藤君と一緒に検討してみるけど、保証はできない。久保田さんの壁は厚いのよ」

そこをなんとか、と心の中でつぶやいた。

高橋が久保田の心証を損ねたくない気持ちは分かる。なにしろ正念場だ。

でも、原稿がよくなる可能性が高いのに、取材を控える手はない。

「さて、もう一杯ビールを飲もうかな」

高橋は、手を挙げて店のスタッフを呼んだ。


阿佐ヶ谷駅から徒歩五分ほど歩いた場所に、その不動産屋はあった。道路に面して賃貸物件の見取り図が所狭しと貼ってある。どこにでもあるような街の不動産屋だ。

「アサダハウジング」と表示が出ているガラス戸を押すと、カウンターの中に座っていたワイシャツ姿の男が腰を上げた。

名乗ると、よく日に焼けた頬をほころばせた。

「お待ちしておりました。浅田です」

年の頃は三十前後といったところだろうか。七・三分けの髪を整髪剤で光らせている。

交換した名刺には、代表取締役社長とあった。

この若さで社長とはすごい。一から事業を立ち上げたのかと尋ねると、一昨年急死した父親の後を継いだのだと言って笑った。

「まず、ここで話しますか？　それとも、入居者さんと家主さんのところへ行きましょうか」

家主の家で、入居者でゲイの男性の話を聞くことになっている。

そっちへ行きたいというと、浅田はコートかけから麻のジャケットを取って羽織った。

「車で行きましょう。営業車だから、乗り心地はよくありませんが、移動しながら話しやすいですし」

カギをポケットから取り出しながら言う。

同性カップルの悩みを調べてみたところ、すぐに住居の問題に行き着いた。賃貸住宅に入居するのに、苦労しているらしい。

そんな中、まだ数は少ないものの、同性カップル歓迎を公言する不動産屋が最近、現れた。

三回目の原稿にぴったりの内容だ。

欧米では金融、保険など多岐にわたる分野で、ＬＧＢＴ対象の商品、サービスが開発されているそうだ。そのあたりも、調べて追加すれば、原稿にぐっと厚みが出るはずだ。

助手席に乗り込むと、浅田への質問を開始した。

「浅田さんが、ＬＧＢＴ歓迎という方針を打ち出した理由はなんですか？」

もしかして、本人もそうなのかと思っていたのだが、違うと浅田は言った。

「僕は高校を卒業した後、アメリカに留学していたんです。語学留学ですから、遊びに行っていたようなものですが、当時、ゲイやレズビアンの友人が普通にいました」

卒業後、日本の会社に就職し、働くようになり、アメリカと比べて、日本はＬＧＢＴに対して無理解だと感じたという。

「でも、結構な数はいますよね。父が亡くなって、会社を引き継いだとき、すぐにＬＧＢＴ歓迎を打ち出そうって思いました。都内は比較的そういう人たちが多いですし」

もう少し話を聞きたかったが、浅田は「ここです」と言いながらウィンカーを出した。

幹線道路沿いの五階建てのマンションだ。

総戸数は二十程度だろうか。こぢんまりとした建物だ。築年数は、結構いっていそうで、外壁には傷みが目立った。

浅田は勝手知ったる様子で、マンションの裏側に通じる小道に車を進め、駐車場の空きスペースに車を停めた。

「家主さんが、最上階に住んでいるんですよ」

そう言いながら、駐輪場を抜けてエントランスへ向かうと、インターフォンを鳴らした。

すぐに応答があって、自動ドアが開いた。

ちょうどエレベーターから、幼児を連れた女性が出てきたところだった。女性は千穂たちに会釈をすると、買い物用のマイバッグを勢いよく振りながら、子どもの手を引いて外に出ていった。

エレベーターの中には、ごみの分別を徹底するようにとの注意書きが貼ってあった。

どこにでもあるファミリー中心のマンションだ。

最上階のもっとも奥が、家主の自宅だった。隣のドアとの間隔が異常に広い。他の部屋の三倍はありそうな部屋だった。

「やあ、いらっしゃい」

ドアを開けてくれたのは、小柄な初老の男性だった。ポロシャツの襟に顎をうずめるようにしている。

会社の近くの和菓子屋で買ってきた羊羹《ようかん》を渡すと、子どものように喜んだ。

「ささ、どうぞ。入居者さんも、さっき来たばかりです」

二十畳はあろうかと思われる広々としたリビングルームに入ると、痩せた背の高い男性がソファから立ち上がって頭を下げた。

Tシャツにジーンズという軽装だが、年はおそらく四十代半ば。顔は緊張のためか、青白い。

千穂が声をかける前に、背後から明るい声がした。

「木下《きのした》さん、ご無沙汰《ぶさた》しています。浅田です」

木下の表情が緩んだ。

「その節はたいへんお世話になりました」

千穂と浅田が、家主と木下と向かい合うように座った。

「今日は、お時間をいただいてありがとうございます。平日なのに申し訳ありません」

「いえ、大丈夫です。僕は、家で仕事をしていますから」

ホームページの作成を請け負う仕事をしているのだと、木下は言った。パートナーの男性は、新宿の会社に勤務しているそうだ。

ノートを広げると、早速取材を始めた。写真と実名、詳しい住所を出さないのが、取材を受ける条件だ。

木下は、半年前、パートナーとこのマンションに引っ越してきたという。

「前に住んでいた目黒のマンションは、友だち同士のルームシェアリングということで、入居していました。でも……」

周辺の住民から、不審な目で見られるので、居心地が悪かったと木下は言った。

「二人で買い物から帰ってくると、お子さんを連れたお母さんがあからさまに避けるんです。まるで、犯罪者でも見るような目を向けられました。小学生の子どもたちの集団に、窓の外からホモと大声で言われたこともあります。あまりにひどいので、家主さんに相談してみました。ところが、カップルだとは聞いていなかった、話が違うと言われてしまいまして」

争えば勝てただろうが、その労力を考えると気分が萎《な》えたので、引っ越しを決めたのだそうだ。

「今度は、友だちではなく、カップルだと家主さんに伝えようと思いました。ただ、そうなると部屋探しがさらに難しくて……。不動産屋の中には、ニヤニヤと笑いながら、そんなことを審査書類に書いたら、断られるに決まってるよって言う人もいました。実際、書類を出しても、審査で軒並み落ちました。もちろん、入居を断る理由は、僕たちがゲイだからではありません。複数人の入居は、家族か婚約者に限定しているとか、僕が在宅で仕事をしているからとか、そんなかんじの理由をつけるんです。困り切っていたとき、ネットでアサダハウジングのホームページをみつけました」

千穂が見たページだ。

ＬＧＢＴ歓迎とトップページに書いてあった。

そこで店舗に出向いたところ、浅田がＬＧＢＴに理解ある家主を紹介してくれたのだという。

家主は、満面に笑みを浮かべた。

「木下さんたちは、お仕事をしっかりなさっている真面目《まじめ》な方たちだ。入居を拒否する理由なんて、一つもありませんよ。だいたい、いまどき、彼らを排除するなんて時代錯誤も甚だしい。オリンピックがやってくるというのに、こんな状態では、世界に顔向けができませんか。誰と誰が一緒に住んだって、別に構わないじゃないですか。他の家に、害を及ぼすわけじゃないんだから」

力強い言葉を頼もしく思った。

初老の男性に対し、保守的というイメージを持っていた。でも、それこそ偏見だった。他人を属性に分けてそれぞれの引き出しに放り込み、ラベルを貼ってはいけないのだ。

そう思いながら、千穂は浅田を見た。

「このマンション以外にも、そういう家主さんをご存じなんですよね」

そうでなければ、ホームページにＬＧＢＴ歓迎とまでは書かないはずだ。

浅田はうなずいた。

「父の会社を引き継ぐのと同時に歩き回って、協力してくれる家主さんを探しました。偏見さえなければ、家主さんにもメリットがあります。たとえばこの物件は、家主さんの前で言うのもなんだけど、築年数が古いですよね。はっきり言って、人気物件とは言い難い状況です。多少古くても、家主さんが話の分かる方なら、そういうところに住みたいというＬＧＢＴの人は多いですよ。家主さんにしてみても空き部屋が減ります。つまり、入居者も家主さんも、ウィン・ウィンの関係です。僕も顧客が増える。ビジネスは、そうでなくちゃね」

家主が同意した。

木下たちのほかにも、レズビアンのカップルが先月入居したという。

「空き部屋が減るのは助かります」

大きくうなずいた。

善意や問題意識だけでは、ビジネス、商売は続かない。当たり前だが、メリットが必要なのだ。

ただ、疑問は残っていた。

千穂は木下に向き直った。

「住み心地はいかがですか？　家主さんは理解があっても、他の入居者はそうとは限らないですよね」

家主が代わって答えた。

「その点は大丈夫。ウチは、家賃を手渡しでもらっているんです。面倒だ、銀行振り込みがいいっていう人もいるけど、顔を合わせてコミュニケーションをするのが、私の方針です。離れて住んでいるならともかく、すぐ上なんですから」

そのときに、入居者に尋ねられたら、彼らはしっかりした人たちだと説明しているそうだ。

「私が断言すれば皆さん、そんなものかと思うようです。実際、しっかりした方々ですし」

木下はうなずいた。

「最初は好奇の目で見る人もいましたが、すぐにそれはなくなりました。今では、廊下ですれ違うとき、子連れのお母さんと子どもが、おはようございます、こんにちはと声を掛けてくれます。なんというか……ここでは、普通に暮らせます」

とつとつとした話し方だったが、その分、千穂の胸に響いた。

普通に暮らす。

そんな当たり前のことが難しいとは……。

浅田が口をはさんだ。

「ただし、いいことばかりでもないかな。地元の商工会の頭の固い親父に、すごい剣幕で食ってかかられたことがあります。ＬＧＢＴ歓迎だなんて噂が広まって、東京中から、そういう人間が集まってきたらどうするんだって」

「何か問題があるんですか?」

浅田は、肩をすくめた。

「子どもの教育に悪いとか言ってますね。どう悪いのか教えてもらいたいぐらいです。あと、生活が乱れているという誤解もあるようです」

家主もうなずいた。

「私も地元の幼馴染《おさななじみ》で、銭湯をやってる男にも、余計なことをするなと怒られましたよ」

「銭湯?」

「男性客で、ゲイの方に性的な目で見られるのが嫌だっていう人がいるそうなんです。そういうのがいるとしても、ごく一部だ、大半の人はそんな失礼な真似《まね》はしないって言ってるんですが、なかなか頑固でして」

木下は、表情を変えなかった。誤解や中傷を受け続け、怒りを感じなくなっているのかもしれない。

自分が普通だと思っている人たちは、自分が普通ではないと思っている人たちが周囲に増えるのを好まないのだと浅田は言った。

「普通である自分たちがマイノリティーに転落して、普通ではなくなるのを恐れているのかもしれませんね。でも、同じマンションや同じ町で一緒に暮らしていくうちに、慣れてくると思うんです。ＬＧＢＴの友人、知人が一人でもできれば、どっちが普通でどっちが普通じゃないなんて、気にならなくなるでしょう。そもそも普通なんて人それぞれなんですから」

そう言うと、浅田は白い歯を見せた。

「僕の仕事は、そういう新しい時代が来るのを手助けすることです。と言ったら、ちょっとカッコが良すぎるかな。でも、金儲《かねもう》けのためだけに仕事をするのはつまらない。新しい時代を作りたい。ちっぽけな不動産屋にもそのチャンスがある。親父が死んだあと、会社を継ぐかどうか迷ったけど、継いでよかったと思っています」

――新しい時代を作る手助けをする。

浅田の言葉には、新鮮な響きがあった。

きっとそのチャンスは、誰にだってある。もちろん、千穂自身にも。

木下が遠慮がちに尋ねた。

「あの……。記事に僕やマンションの名前は出ないですよね？」

仕事関係者には、カミングアウトをしていないのだと木下は言った。

「もちろんです。地名も阿佐ヶ谷、とだけ書きます。家主さんの名前も出しません」

木下は、ほっと息を吐き出した。

「取材だなんて初めてだったから、緊張しました。でも、受けてよかったです。こういうマンション、不動産屋さんもあるんだって、ＬＧＢＴの人たちに知ってほしいと思います。本当は実名で出たほうがいいんだろうけど……」

「迷うことなくそうできる時代が来ますよ」

浅田が、勇気づけるように言った。

取材メモを書いて高橋、後藤、松田に送ると、その日のうちにミーティングをすることになった。

場所はいつもの会議室がふさがっていたうえ、人数も少ないので、生活情報部の談話ブースだ。

「上原のメモ、面白いと思います。是非入れましょう。原稿のおさまりがよくなります」

後藤は開口一番に言った。

高橋の答えは歯切れが悪かった。

「そうかもしれないけど、入れなくても原稿は一応、成立してるような気がするわ」

「ともかく、久保田さんと話してもらえませんか？　その前に、海外のLGBT向け商品の動向について、ロンドンとニューヨークの記者にメモを出してもらったらどうでしょう。そうしたら、上原のメモが原稿に必要だと久保田さんにも分かってもらえるのではないでしょうか」

世界の企業は、すでにLGBT市場の開拓に本腰を入れているはずだと後藤は言った。熱が入った口調で、ぐいぐいと高橋を押す様子に、手ごたえと誇らしさを感じた。

後藤は千穂の取材を認めてくれているのだ。

それでも、高橋は乗り気ではない様子だった。

正直なところ、彼女の態度にはイラっとした。

千穂だけでなく、アンカーの後藤が是非入れたいと言っているのだ。なのに、なぜ動こうとしてくれないのか。

「松田君もそれでいい？　もし、入れるとするとあなたが取材した家族向けのシャンプーの需要は減ったっていう話は、削ることになると思うけど」

松田は、相変わらず挙動不審だった。

「あの……」と口ごもったきり、ハンカチで鼻のあたりをぬぐっている。


後藤が格闘家ばりの分厚い体をずいと前に乗り出した。

「松田。前にも言ったけど、はっきりとものを言えよ。記者だろ?」

松田がおびえたように、目を伏せる。

「ったく。使えないな。経済部は若手にどういう教育をしてるんだ」

吐き捨てるように言う。

松田はますます身体を縮めた。涙すら浮かべているようだ。

あまりにも可哀相《かわいそう》で、思わず助け舟を出してしまった。

「でも、松田君のメモはよかったじゃないですか。ポイント、ばっちり理解してたし」

「メモが書けたって、取材ができなきゃしようがないだろう」

いきり立つ後藤を高橋がなだめた。

「まあまあ。それより、率直に言って、問題は久保田さん対策なのよね」

「この前、ウチの平城が失礼なことを言ってましたが、久保田さんって、そんなに厄介なんですか?」

高橋は苦笑いを浮かべた。

「そりゃそうよ。あの人は、家族の絆万歳っていうベタな原稿を期待していたらしいの。

なのに、そういう方向ではないものだから、つむじを曲げてるわ。これまでも、一つ一つのエピソードにわが社の格式にふさわしくないとか言って、ケチをつけてきた。そういう状況だし、ああいう保守的な人だから、LGBTは、正直なところハードルが高いと思うのよ。いいエピソードだとは思うんだけどね」

まったく納得できなかった。

高橋が千穂の取材したエピソードを気に入っていないなら、原稿に入らなくてもしかたがない。でもそうではない。気に入っているのに、久保田を怒らせたくないから入れたくないのだ。

もっと骨のある人だと思っていたのに、がっかりだ。久保田のような化石男の機嫌を取ってまで出世したい神経が分からない。

高橋の足を引っ張ってはいけないと思っていた。でも、高橋がそういう了見なら、こっちだって黙ってはいられない。

立ち上がって記者席のほうを見た。

坂巻は、珍しく一心不乱にキーボードを打っていた。

「後藤さん、坂巻さんに相談してみませんか」

「ちょっと、上原さん」

制止する高橋を無視して千穂は続けた。

「あの人なら、久保田さんと掛け合ってくれると思います」

ここは坂巻の出番だ。

理不尽大王ではあるけれど、筋は通す。上司の顔色など読むつもりは、はなからない。

後藤が顔をしかめる。

「なんでいきなり坂巻さんなんだ？ それにあの人の話は意味不明だし」

「敵の敵は味方っていうじゃないですか。久保田さんと対抗する迫力もあります。それに、あの人も企画班の一員なんだから、少しは仕事をしてもらわないと」

そう言うと、千穂は、坂巻に声をかけた。

「ちょっと来てください。企画の打ち合わせをしているんです」

坂巻は振り返ると、大きく伸びをした。

「おう、待ってろ」

熊のようなのそのそとした歩き方で、談話スペースにやってくる。

「おっ、三回目のメンバーで会議か。ご苦労、ご苦労。それで、インパクトのあるエピソードは、見つかったのか？」

そう言いながら、松田の隣にどっかりと腰を下ろす。

千穂は、自分が取材した内容を伝えた。

坂巻は耳を小指でほじりながら聞いていたが、鷹揚《おうよう》にうなずいた。

「いいんじゃないか。少なくとも、前よりもインパクトがある原稿になる。同性同士でも、絆は絆だ。絆万歳って書いとけば、久保田さんも満足するだろ」

「実はその久保田さんが問題ではないかという話になっています」

坂巻が目を剝《む》く。

「なんでだよ」

「久保田さんはその……。前時代的な家族観を持っているから、LGBTの話を盛り込むのは難しいんじゃないかって」

坂巻は首を傾《かし》げた。

「言ってることが意味不明だぞ。どんな家族観を持とうと個人の勝手だ。久保田のおっさんが、カミさんを使用人扱いしていたとしても、俺たちの知ったことじゃない。でも、紙面は別だろ。必要と思うエピソードは盛り込めよ。久保田さんの家族観をおもんぱかってひっこめるなんて、言語道断だ。文句を言われたら、ウチの一面は編集局長の個人ブログじゃないとでも言ってやれ」

そんなふうに言えたら、苦労しない。言えないから、高橋は困っているのだ。

でも、言うべきだ。久保田との軋轢《あつれき》を避けるべきではない。

千穂は、思い切って坂巻に言った。

「久保田さんを説得してもらえませんか。頑固で横暴なあの人を説得できるのは、武闘派で論理的でフェアな坂巻さんしかいません」

千穂にしては珍しくおべっかを使った。でも、構うものか。LGBTの話をどうしても盛り込みたい。

読者ではなく、上司のほうを見て仕事をするなんて間違っている。

しかし、突然、雷が落ちた。

「馬鹿野郎！　なんてことを言うんだ！」

これまで聞いたこともないぐらい大きな声が鼓膜を震わせ、反射的に涙がにじんだ。

でも、ここで怯《ひる》んではいけない。

「でも……。なんとかお願いできませんか？　このエピソードを入れたいんです」

必死で食い下がる千穂を坂巻は鬼のような形相で見た。

「お前、高橋をコケにしてるのか？」

「まさか、そんな」

なぜそう言われるのか理解できず、何度も首を横に振る。

「いや、してる。高橋じゃ、久保田さんとまともに交渉なんかできないと見下してる」

「そんなつもりはありません」

慌てて言ったが、坂巻の怒りは止まらない。太い指を千穂の鼻先に突き付けた。

「いいか、よく聞け。高橋はいいと思う原稿を上司の顔色を見てひっこめるほど腰抜けじゃねえ。要領はいい。点数稼ぎも大好きだ。でも、上司や取材先の顔色次第で白を黒と言ったり、他人の足を引っ張るようなせこい人間じゃねえんだよ。大人の判断とか言って平気で卑怯《ひきょう》なことをやるそこいらの男とは違う。高橋には、プライドってもんがあるんだよ。だから、一目置かれるんだ」

松田の喉仏が動いた。唾を飲み込む音が聞こえてきそうなほど、大きな動きだった。

坂巻は怒鳴り疲れたのか、声のトーンを落とした。

「高橋が、久保田さんと交渉したがらないのは、お前の取材メモが、高橋の目から見て面白くないからだ。そうだろ？」

そう言いながら、高橋を見る。

顔をこわばらせた高橋は、うんともすんとも言わなかった。

「デスクは高橋だ。俺の判断を押し付ける気はない」

坂巻は、千穂に向き直った。

「素直に引き下がれないのは分かる。でも、だからと言って俺を使ってごり押ししようとするのはおかしいだろ」

言いたいことは山ほどあるのに、言葉が出てこない。

坂巻の言葉の一部は事実だ。でも、誤解もある。

高橋は、千穂の取材を認めている。そのうえで、久保田に話を持っていくのを躊躇《ちゅうちょ》している。

でも、この場でそれを口にするのは、はばかられる。高橋の顔をつぶすも同然だ。

後藤も同じ気持ちのようで、目を閉じて唇をきつく結んでいた。

「ま、そういうわけだ。しかし、気分が悪いな。上原は、原稿はへたくそで不器用で押しが弱い。つまり、記者として三重苦を抱えてる。それでも、俺は評価していた。なぜだと思う？」

押し黙ったまま、坂巻の言葉を待った。

「他人を見下したり、利用しようとしたりしないからだ。なのに、よりによって高橋を見下し、俺を利用しようとするとはな」

坂巻は、これまで見たこともないような冷たい目で千穂を見た。

「俺は、もう知らん！」

腰を上げると自分の席には戻らず、部屋を出ていく。

「高橋さん……」

後藤が声をかけたが、高橋は顔を背けながら、立ち上がった。

ものも言わずに、デスク席へと向かっていく。

予想もしなかった展開に、千穂は言葉もなかった。高橋と坂巻の二人を激怒させてしまった。でも、いったん口から飛び出した言葉は、ひっこめられない。

かといって、高橋に謝罪し、取材メモを自ら取り下げる気もない。

「おかしなことになってしまったな。とりあえず、今日のところは解散するか」

後藤が、ため息とともに言った。

「私が取材したエピソード、どうなるんでしょうか」

「坂巻さんが言ったように、久保田さんの説得は、高橋さんの仕事だ。俺も上原も、高橋さんに言うだけのことは言った。あとは、あの人の判断に任せるほかない」

ただし、期待しないほうがいいと後藤は言った。

「あの様子からすると、高橋さんは経済部への異動を相当意識している。久保田さんの鶴の一声ですべてが決まると思えば、下手に動けないんだろう」

分かりました、とは素直に言えなかった。

会社、組織なんて、こんなものなのだろうか。だとしたら、サラリーマンなんてくだらない。

そうは言っても、いつだって辞めてやると開き直るほどの気概もない。中途半端な正義感に縛られていては、やっていけない世界なのかもしれない。

後藤が、さらに声をかけてきた。

「高橋さんには、俺もがっかりした。でも、上原はよくやったよ。平城は、仕事ができなさすぎて社会部を出されたとか言ってたけど、そんなことはない。もっと自信を持つといい。もし、社会部に戻りたいなら、俺に言ってこいよ。今の筆頭デスクとは仲がいいから、話を通してやる」

温かい言葉に少し気持ちが救われた。

無理に笑みを作ってうなずく。

「あの……」

それまで黙っていた松田が口を開いた。

「これまで、申し訳ありませんでした」

妙にはっきりとした口調だ。

「坂巻さんの話を聞いていたら、自分、恥ずかしいことしてるなって」

後藤が驚いたように松田を見る。

「どういうことだ」

企画班メンバーとして送り出される際、経済部のあるデスクに、手を抜けと言われたのだと松田は言った。

「僕、経済部の仕事にまだ慣れていないんです。デスクや周りの記者に迷惑ばかりかけています。だから、おかしな指示だと思ったけど、断れませんでした」

そのデスクは、こう言ったという。

経済部の松田は、企業取材を割り振られるだろう。後でなじみの広報に問い合わせれば、松田の取材の様子は筒抜けだ。必ず手を抜け、と。

大所帯ならともかく、小さな企画班で一人が手抜きをすれば、企画の質は目に見えて下がる。

後藤は舌打ちをした。

「だから、取材でだんまりを決め込んでたってわけか。ひどいな、そのデスク」

千穂もうなずいた。

そして分かった。松田の挙動が不審だったのは、罪悪感からだ。

「しかし、なんのために……。まさかとは思うけど、高橋さんの足を引っ張れということか?」

後藤が尋ねると、松田はうなずいた。

高橋が企画の成果を引っ提げて、来春の異動で経済部に戻ってくるという噂が流れているという。それを歓迎していない勢力が経済部の中にいるのだ。

「女は感情的だから、経済部には向かないって」

嫌悪感が胸に広がった。

生活情報部で大人しくしていれば、編集局で最年少の優秀なデスクだとチヤホヤとされる。しかし、男の牙城とも言える経済部に乗り込む意志があるとみると、あらゆる手を使ってつぶそうとする。

もちろん、編集局の全員がそうではないだろう。でも、何人かはそういう人間がいる。女の風下になんか立てないという気持ちなのか。あるいはただの嫉妬なのか。いずれにせよ、高橋は久保田ばかりでなく、そうした輩《やから》とも戦わなければならないのだ。

高橋に対して感じていた怒りが薄らいだ。

そしてようやく分かった。

誰もが坂巻にはなれない。

自分の中の正義感と、周囲から求められる大人の対応の間で揺れ動き、喉元まで出かかった言葉を飲んで、細い綱を渡ろうとしている。

松田は続けた。

「でも、間違ってました。僕なんかを使って他人の足を引っ張ろうとするどうしようもない人は、見切ります。そんな人に何を言われても怖くない」

後藤は右の拳を左の掌でこね回すようにした。

「よく言った。何かあったら、俺に言ってこい。それにしても、とんでもなく陰湿な人間がいるもんだな」

格闘家のような雰囲気の後藤がそんな仕草をすると、今にも殴り込みをかけそうで怖い。

「でも、嫌な人ばかりじゃないと分かってよかったです。高橋さんが、感情的なんてことはない。むしろ冷静です。後藤さんはフェアだし、上原さんもいい人です。坂巻さんだって、意味不明だけど悪い人じゃない。そういう人たちと一緒に働きたいです」

千穂は大きくうなずいた。

どの部で働くかではなく、誰と働くかが重要なのだ。そして、気持ちのいい人たちと働くには、自ら心を開かねばならない。今、松田がそうしているように。

そのとき、衝立《ついたて》の向こう側から、のんびりとした声が響いてきた。

「おーい、そこの諸君。声が高いぞ」

顔を出したのは、編集委員の静内だった。

近所のおじいちゃんのようにしか見えないし、いつ仕事をしているのかよく分からない人間だ。それでも、時折味のあるアドバイスをくれる。

今回もそうかと思ったが、静内は真顔だった。

「話の内容が微妙すぎるな。聞かなかったことにする」

「申し訳ありません、つい……」

後藤が頭をかきかき謝った。

静内は両手を腰の後ろで組むと、ふらりとその場を立ち去った。

編集会議室に颯爽《さっそう》と現れた久保田は、ホワイトボードの前の席に腰を下ろすと、ぎょろりとした目で集まった企画班のメンバーを眺め回した。

「俺は忙しいんだ。呼び出したからには、俺がいないと始まらない重要な案件があるんだろうな」

高橋は緊張した表情を浮かべながら、久保田にプリントを手渡した。

千穂たちの前に、すでにそれはある。三回目の概要をまとめたものだ。千穂が取材したエピソードがメインの構成になっている。

「三回目は、これで行こうと思います」

プリントに視線を落とすなり、久保田は怒りを爆発させた。

「俺は絶対に認めない！　ホモの話を一面でやるっていうのか？　お前ら、どうかしてるぞ。我が社の格式と伝統を何と思っている」

机を叩《たた》きながら吠《ほ》える。

高橋は低い声で続けた。

「そんなふうに決めつけないでください。ＬＧＢＴへの理解は、今後の日本にとって重要な課題です。一面にふさわしい内容だと私は思います」

「そんなわけがないだろう。社会面ならともかく一面だぞ！　俺の目の黒いうちは、イロモノなど扱わん！」

「いえ、イロモノではありません。そんな発言は、差別的ととらえられる恐れがありますよ。中央新聞は、差別と戦う新聞だと読者に訴えるためにも、このエピソードが必要なんです。疑問に思われるのであれば、一度、部長会で議論してもらえませんか？」

「必要ない。俺がダメだと言ったら、ダメなんだ」

自分がルールブックだとでも言いたげな態度で、胸をそらす。

それでも高橋は怯まなかった。

「一部の国を除けば、同性同士の絆も認めようというのが、世界的な流れです。局長ともあろう人が、それをご存じないはずはありませんよね」

淡々とした口調なのが、かえって怖い。

しかし、久保田には通用しなかった。

「うるさい！　ここは日本だ！」

高橋は覚悟を決めたように、久保田を見据えた。

「編集局の総意として認められないというなら、私も従います。でも、編集局長の独断で却下されるのは、納得できません。価値感があまりにも古すぎます」

一歩も引かない構えで言う。

「高橋、お前！」

久保田は怒りに満ちた目で、高橋を睨みつけた。

高橋の視線は揺るがなかった。腹をくって久保田に反旗を翻している。しかも、孤軍奮闘だ。

隣に座っている坂巻を見た。

腕を組んで目を閉じていた。高橋を援護する気はないようだ。

他のメンバーも誰一人として口を開こうとしない。

久保田は、記者たちをぐるりと見渡した。

「ホモの話を入れろだなんて、高橋の発案じゃないだろう。どいつがこんなエピソードを取材してきたんだ。名乗り出ろ。即刻、企画班をクビにしてやる！」

わめく姿を見ているうちに、白々とした気持ちになった。

なんで、こんなおかしなのが編集局長の座についているのだ。

久保田は、この会社の実権を握る会長のお気に入りだ。情実人事がゼロにならないというのは分かる。それにしても、ひどすぎる。

「久保田さん、そういうのは……」

高橋が困惑気味に止めに入ったが、久保田はなおも吠えた。

「さっさと手を挙げろ！」

千穂も腹をくくった。

企画班を外されたら残念だけど、白を黒とは言えない。

腹にぐっと力を込めると、息を止めて勢いよく手を挙げた。

そのとたんに、呆然《ぼうぜん》とした。

正面に座っている後藤が手を挙げている。無表情で虚空《こくう》を見据えている姿は、格闘家というより修行僧だった。

隣を見ると、坂巻もわざとらしいほど真面目な顔つきで手を高く掲げていた。なんと、松田もだ。

——なんなんだ、この人たちは。

熱いものが胸の底から湧《わ》き上がってきた。

久保田の顔が、みるみるうちに赤くなった。

「お前ら、そろいもそろって俺をバカにしてるのか!」

全員で手を下ろす。

高橋は、どうしていいのか分からないといった表情で、久保田とメンバーたちを見比べていた。高橋にとっても、予想外の展開だったのだろう。

坂巻は、咳払いをすると、久保田に向き直った。

「我々は、久保田さんの発案による絆について、真剣に考えました。その結果、このエピソードが必要だとなったんです。認めてもらえませんか」

そう言うと、ニヤッと笑った。

「手を挙げた四人すべてをクビにするならどうぞ。そんなことをしたら、企画が成り立たなくなってしまいますがね。まあ、それも致し方ないでしょう」

震えている。
久保田は、燃えるような目で坂巻を睨みつけた。千穂の席からも分かるぐらい、身体が
「坂巻、貴様！」

「あの、久保田さん……」

高橋が、狼狽《ろうばい》気味に話しかけたが、久保田は手を払うようにして、高橋をさえぎった。

「俺は帰る！」

それだけ言うと、乱暴に椅子を引いて立ち上がった。無言で部屋を出ていく。

ドアが乱暴に閉まるなり、高橋がテーブルに肘をつき、頭を抱えた。

「ちょっと、ちょっと。どういうこと？　みんなで示し合わせてたってわけ？」

後藤が生真面目《きまじめ》に首を横に振る。

「違います。ただ、誰の発案かではなく、誰があのエピソードを盛り込みたいかが重要だと思ったものだから」

松田もうなずいている。

平城と、相沢は、訳が分からないといった表情だ。

「ともかく、やるべきことはやった。あとは、流れに任せようや」

坂巻はそう言うと、意地悪な目つきで高橋を見た。

「それにしても、高橋は計算高いな。食わせ物と言ってもいい」

「どういう意味ですか」

食って掛かる高橋を受け流すように、坂巻は肩をすくめた。

「人事権を握る久保田さんの心証を損ねたら、経済部に戻って、いずれは編集幹部にという高橋サンの野望は潰《つい》える。だから、久保田さんとの軋轢は避けたかったわけだろ。なのに、上原が納得しなかった。後藤君もだ。上原はともかく、優秀な後藤君に弱腰だと思われるのは、得策ではないわな。あのデスクは、原稿をきちんと評価できない、上の顔色をうかがうだなんて噂が広まれば、仮に経済部に戻っても高橋の未来は暗い。だったら、ダメ元で久保田さんと交渉してみようと思ったんだろ。ダメなら、あとで自分が悪うございましたと謝ればいい。久保田さんは、ああ見えて人情派だ。自分にすり寄ってくる人間を足蹴にはしない」

後藤が興味深そうに坂巻の声に耳を傾けていた。

それを横目で確認すると、坂巻は得意げな様子でまくしたてた。

「問題は、どうやって交渉するかだ。密室で久保田さんと話をするのは得策ではない。却下されたら、後藤君や上原は、高橋が形ばかりの交渉しかしなかったんだろうと勘繰る。そうなったら、丸損なんだよ。記者たちに、久保田さんに敢然と立ち向かう姿を見せるのが正解だ。それが今日の会議だ。さすが点取り虫は、考えることが違う」

高橋は仏頂面だった。

坂巻の推理は、当たらずとも遠からずなのだろう。

「坂巻さん、失礼な物言いはやめてください。私はただ企画班の総意を久保田さんに訴えたかっただけです」

「ま、そういうことにしておいてやるよ」

坂巻はそう言って、屈託のない笑顔を千穂に向けた。

複雑な気分で視線をそらす。

高橋は計算高いかもしれない。でも、食わせ物は坂巻のほうだ。

千穂を叱りつけたとき、彼は状況を見通していたのだ。そのうえで、弱腰の高橋を焚《た》きつけるために、あえて千穂をこっぴどく叱った。

何が人を利用するな、だ。人を利用しているのは、坂巻ではないか。

理不尽大王の本領発揮といったところか。

ただし、叱られ損とばかりは言えなかった。

――人を見下さない、利用しない。

自分がそんなふうに思われていたとは、知らなかった。

地味で冴えない田舎者で、仕事の偏差値は五十。同期の女性記者に、ハブられている。

そんな自分が、人を見下すなんてとんでもない。人を利用しないのは、人と深く関わるのが怖いからだ。

でも、それが美点ならば、心に刻もう。

高橋のように計算はできない。坂巻のような食わせ物になれそうもない。後藤のようにどっしり構えられないし、柿沼のようにスマートでなければ、堀のように身軽でもない。

そんな自分が、魑魅魍魎《ちみもうりょう》が跋扈《ばっこ》するこの会社で、どこまで通用するかは、分からない。

それでも、他の誰にもなれない。なろうとしてもいけない。

坂巻が坂巻であるように、千穂は、千穂なのだ。

「三回目は、久保田さんの判断を待ちましょう。それより、四回目、五回目の話を詰めたほうがいい」

後藤が言った。

第4章　一億総孤独

「というわけで、四回目は平城さんにアンカーをお願いします。母、妻、会社員の三役をこなす女性をテーマにまとめてください」

そう言う高橋に、平城は晴れやかな笑みを向けた。

「任せてください。頑張ります。メモ出しは、相沢君と松田君でしたっけ」

弾んだ声で言う。

平城もこんなふうに笑うときがあるのか。

目を尖《とが》らせているか、愛想笑いを浮かべているか。そのどちらかだと思っていた。

好感を持ちそうになった。しかし、高橋の次の言葉で平城の顔は歪《ゆが》んだ。

「相沢君は、体調不良が長引いているの。だから今日も欠席です。メモ出しは、松田君と坂巻さんにお願いします」

「おう、任せとけ」

坂巻が胸を叩《たた》いたが、平城は完全に無視をした。

二人は早晩、喧嘩別れをするだろう。水と油というより、どちらも他人に噛《か》みつく狂犬同士だ。うまくやっていけるはずがない。

しかし、他人の心配をしている場合ではなかった。

千穂は、そっとため息をついた。

一回目のアンカーは後藤、二回目は相沢。三回目は再び後藤で、四回目は平城に決まった。

連載は全五回。つまり、アンカーは、あと一回しか残っていない。

企画が始まる前に、平城に負けたくないと思った。相当頑張っているつもりだけど、メモ出しで終わるのと、アンカーをやるのとでは、重みが違う。このままでは、完敗だ。

平城は年長なので、しかたない面があるが、相沢は同期だ。同期にあからさまに差をつけられると、上昇志向があまりない千穂でも焦りを感じる。

高橋も、今の状況に危機感を覚えている。

高橋がデスクなのに、千穂も坂巻も一度もアンカーをやらないのでは、生活情報部の記者はいったい何をやっているのだという話になる。

本来なら、柿沼がこの班に加わるはずだった。

安定感のある彼ならば、アンカーの一度や二度、難なくこなしただろう。坂巻が横やりを入れて柿沼の替わりに参加したものだから、高橋の目算が狂ったのだ。

といっても、高橋も手をこまねいてはいない。

柿沼に再び声をかけ、千穂の影武者として案を出したり、取材を手伝ったりするよう依頼した。

しかし、柿沼は現在、経済部の記者と現場同士でチームを組み、大きなニュースを追っているため、時間が取れないという。

生活情報部の筆頭デスクの阿波野も、高橋とともに説得に当たったが、柿沼は「自分がつかんだチャンスを犠牲にしてまで、生活情報部に貢献する義理はない」と言い切ったそうだ。

彼らしいと言えば彼らしい。しかし、高橋は八方ふさがりとなった。

替わりに堀が指名されたが、柿沼と堀では相当の能力差がある。戦力が若干アップするとしても、生活情報部が企画班の中で終盤の主導権を握るのは、難しいだろう。

自分に力がないのがふがいない。そして、高橋の不運を申し訳なく思う。

それまでずっと手帳に視線を落としていた後藤が、顔を上げた。

「そろそろ五回目の内容を詰めたほうがいいですね。それと、三回目が問題です。久保田さんの判断待ちになっていますが、却下された場合に備えて、代案を準備しておいたほうがいいのではないでしょうか」

「そうなのよね」

高橋がうなずいた。

世間は来週からお盆休みに入る。企画の連載は、九月中旬に始まる。時間はあるようでないのだ。

「三回目は、あのまま通るんじゃないか。原稿は、後藤君がすらすらっとまとめてくれるだろ」

のんきな声で言う坂巻に、高橋が探るような視線を向けた。

「あのまま通るって……。坂巻さん、何か、聞いているんですか？」

「いや、俺の勘だ。それに考えてみろよ。久保田さんがブチ切れてから、もう一週間だぞ。ここまで引っ張っておいてやっぱりダメだなんて、筋が通らないだろう。もしダメだと言われたら、逆ギレしろ。取材が間に合わないから、これで行きますと言って押し切ればいい」

「それができたら、苦労はしません」

高橋が言い、その場にいた坂巻以外の全員が同意した。

久保田に対して逆ギレするなんて絶対に無理だ。したって彼を動かせない。

つい先日高橋の一件で、坂巻は、状況の見極めが案外正確だと感心したばかりだが、あれはたまたまだったのだろう。

「ふん。それより、五回目の話をしよう。俺は、孤独死で決まりだと思う。人間、所詮一人だ。絆《きずな》なんてものは、幻想に過ぎない。その衝撃的な真実を最終回でズバリ指摘しようぜ」

「坂巻さん、まだこだわっているんですか？　とっくの昔にその話は終わっています」

呆《あき》れたように言う高橋を、坂巻は睨《にら》みつけた。

「こだわるのは当たり前だ。俺は簡単に信念を曲げない人間なんだ。それに、他に案も出ないじゃないか。アンカーは上原でいい。俺がやってもいいんだが、若い人間にチャンスを与えるべきだ」

いきなり名指しをされて、戸惑った。

チャンスを与えてもらえるなら嬉《うれ》しい。でも、たぶんそうじゃない。坂巻は、自分の手先として働く名ばかりアンカーとして、千穂を指名している。

高橋は千穂を見た。

「上原さん、他にアイデアない？」

「えっと、それが……」

考えたものはいくつかある。でも、どれもこれも陳腐だと思う。皆の前で発表する勇気がない。

最初の一歩を踏み出すのが、苦手なのかもしれない。自分の書きたいものに巡り合った。

二回目も三回目も、他人の描いた筋書きに沿って取材しているうちに、
最終回もそのパターンなら、なんとかなると思う。

ただし、テーマが孤独死で、坂巻と組むのはきつい。

坂巻が執着している「絆なんてものは幻想だ」が結論では、企画が破たんするのは、千穂にも分かる。

かといって、どう落とせばいいのか、道筋が見えてこない。

「ちょっといいですか？」

平城が手を挙げた。

「何かアイデアがあるの？」

高橋が聞く。

「四回目のメイン取材は、ほぼ終わっています。後は、松田君に多少追加取材をしてもらって、メモをもらえれば大丈夫です。だから、私、もう一回アンカーができると思うんですが」

「題材は？」

高橋が尋ねると、平城は胸を張った。

「血縁です。田舎に行けば、四世代が同居している家や、近所中が親戚みたいな集落とかありますよね。そういう集団にスポットを当ててみたらどうかな、と」

彼らの声を拾い集め、絆とは何かを正面から示すのだと平城は言った。

「地縁まで含めてもいいと思います。絆って、平たく言えば家族や近所の人同士の助け合いでしょう。これまでの回で出てきた事例は、変則的なものが多かったですよね。やっぱり血縁、血縁は強いという話でまとめるのが王道だと思います」

坂巻が鼻を鳴らした。

「絆の大絶賛で終わるっていうのか？ 恥ずかしすぎるだろ」

しかし、高橋は小刻みにうなずいている。

「なるほどね」

絆を称賛すれば久保田の受けはいい。最終回だけなら、それも悪くないとでも計算しているのだろう。

千穂は、不満だった。

自分がアンカーをやりたいというのもあるが、それ以前の問題として、田舎の血縁を絶賛するのはどうかと思う。

確かに、田舎にはいいところもあるだろう。

たとえば、千穂と同年代の若夫婦にとって、子育ての先輩である両親が近くにいれば心強い。介護の問題だって、たとえば兄弟姉妹同士なら負担を分担できる。しかし、宮城県の山間の集落で生まれ育った千穂に言わせれば、いいことばかりではない。

血縁者ばかりでなく、集落全体で、個人を監視しているようで、空気が重いのだ。誰と誰が付き合っている、誰がどこに就職したなど、情報はいちいち筒抜けだ。

そういう状況に疑問を持たない人もいるのかもしれないが、千穂には耐え難かった。常に監視カメラを向けられているようで、息苦しすぎる。

ここは発言すべきだと思い、手を挙げた。

「私の地元は宮城県の田舎です。田舎の人間として言わせてもらうと、血縁、地縁の強さは、煩わしさと表裏一体です。いい面もあるけど、悪い面もたくさんあります。手放しで絶賛するのは、違和感があります」

平城がさっそく嚙みついてきた。

「そんなの、人それぞれでしょ？　血縁、地縁の中で暮らしている人は、自分の意志でそうしているはずよ。肯定的に取り上げたっていいじゃない」

「私もそう思う。自分で選んだ道でしょ」

高橋が言った。

「そんな単純なものじゃないんです」

幼稚園から高校まで一緒だった同い年の幼馴染《おさななじみ》を思い浮かべながら言う。

大きな農家の一人息子だった。江戸時代から続く豪農で、庄屋をやっていたらしい。

学年一の秀才で科学部長。将来は天文学の研究に携わりたいと言っていた。

しかし、大学に進学はしなかった。先祖代々の田畑を継いで、自分たちの老後の面倒を見てほしいと両親に泣き落とされたのだ。

千穂が故郷を離れるとき、彼は餞別《せんべつ》にボールペンをくれた。「俺は百姓の親父になるよ」と笑っていた。

その言葉通り、彼は農家を継いだ。たまに同窓会で会うと、日焼けした顔の表情は明るい。農家の仕事が思いのほか気に入ったらしい。

それでも、ボールペンを差し出したとき、彼の目に光っていた涙を忘れない。

彼の選択を本人の意志、自分で選んだ道だと言うのは、あまりにも無神経だ。

平城がふいに眉を上げた。意地悪そうな笑みが顔に浮かんでいる。

「分かった！　上原さんって、自分を正当化したいんじゃない？」

「どういう意味ですか？」

「坂巻さんほどではないけど、上原さんは普通の家族の絆が嫌いでしょ」

「嫌いってわけじゃないですけど」

「でも、絆を切るだとか、同性同士の絆だとか、そういうエピソードを持ち込みたがるじゃない」

事実なので、うなずくと、平城は畳みかけた。

「それって、自分が故郷を捨てたからだわ。家族との絆を切ったとまでは言わないけど、自分の手で緩めた。その罪悪感があるから、時には絆を切る決断も必要だなんて書くのよ。要するに、自己弁護ね」

決めつけるように言う。

平城の言葉が、いちいち引っかかり、頭の中が熱くなった。

そんな指摘は、的外れもいいところだ。

でも、そう言い切れないのがつらい。

人生は自分で決めるものだと思うし、両親も千穂を認め、応援してくれている。

今の生き方を非難される筋合いはない。非難したりあてこすりを言ったりするのは、田舎の年寄りのごく一部だ。

それでも、地元で結婚し、子どもを産んで、両親や兄弟姉妹と近しく暮らしている幼馴染に会うと、複雑な気持ちになる。

故郷を出た罪悪感を完全に拭い去るのは難しい。少なくとも自分にとってはそうだ。

黙り込んでいると、坂巻が舌打ちをした。

「おいおい、話がそれてるぞ。上原のことなんかどうでもいい。五回目について話そう。

最終回は孤独死、人間所詮一人。これぱかりは、譲れないからな」

それまで黙っていた後藤が口を開いた。

「だったら、競作でいいんじゃないですか?」

高橋が首を傾《かし》げる。

「競作?」

「二回分用意して、出来のいいほうを最終回にする。もう一方は、三回目が仮に久保田さんに却下されたら使うんです」

「ああ、そうか。それだと安心ね。二回分の取材をするのは賛成。あと、孤独死自体は取り上げていいと思うのよ。ただ、人間所詮一人という結論ではねえ……」

「だから、一億総孤独時代なんだって言ってるだろう」

独演を始めた坂巻を無視すると、高橋は思案顔になった。そして、すぐにうなずいた。

「たとえば孤独死の現状を示しつつ、それを防ぐ試みを紹介するとか、そんなかんじならいいかもしれない」

それでは、オーソドックスすぎると思う。

しかし、対案が出てこないので、坂巻を見た。

「坂巻さん、そうしませんか」

高橋がまとめに入ったが、坂巻は頑強に首を振った。

「話にならん。俺は、孤独死を否定的にとらえたいわけじゃない。防ぐ必要はないんだ。それが、生物としての人間の当たり前の姿だから、むしろ孤独死万歳と言いたいんだ」

「いや、だからそれは」

高橋を手で制すると坂巻は言った。

「ま、そのあたりは俺に任せろよ。たまには、年長者の顔を立てろ。というわけで、早速、チームを決めようぜ」

高橋は、天井を仰いだ。坂巻の説得を放棄したようだ。

このまま、競作になるらしい。

平城は苦手だ。でも、田舎については、言いたいことが山ほどある。

手を挙げて、平城のチームに参加したいと言おうとしたが、その前に、坂巻がしゃべり始めた。

「上原、俺の生活情報部コンビと、後藤、平城の社会部コンビに分けるのがいいだろう。部の対抗戦にしたほうが、気分が盛り上がる」

「あの……。僕も忘れないでください」

松田が抗議する。

「おお、そうか。君は、社会部チームに入れ。うちには、伏兵のひとり少年探偵団がいるから、ちょうどいいな。五分と五分で真剣勝負だ」

ひとり少年探偵団とは、堀のことだ。

「相沢はどうしましょう。その前に、彼は大丈夫なんですか？　もう一週間ぐらいになりますよね」

後藤が言うと、高橋の表情が曇った。

「夏風邪が長引いていると聞いているけど、肺炎でも起こしているのかしら」

千穂は唇を噛んだ。

もしかして、心の病気のほうが悪化して、会社に来られなくなっているのではないだろうか。一度、連絡を取ってみたほうがいいかもしれない。

相沢に好意があるわけではない。むしろ苦手なタイプだ。それでも、一人ぼっちで臥《ふ》せっているのなら気になる。

相沢がニューヨークにいる妻に窮状を知らせていなかったとしたら、それどころか、担当医を除いて誰にも、何も言っていなかったとしたら、少々危険ではないだろうか。

「政治部のデスクに相沢君の様子を聞いてみるわ。状況が分かったら、メールで流します。というわけで、今日はここまでにしましょう。終盤に差し掛かってきたけど、最後まで気を抜かずに、よろしくお願いします」

高橋はそう言うと、立ち上がった。

坂巻は、椅子の背を抱きかかえるいつものスタイルで、千穂と堀に向き合った。

「勘弁してくださいよ。僕、明日から夏休みなんですから」

堀が、泣きそうな声で言う。

「どうせ家で寝てるだけだろ。お前、彼女と別れたそうじゃないか」

堀は上目使いで坂巻を見ると、唇を尖らせた。どういうわけか、情報をつかまれたらしい。

「でも、学生時代の友だちと飲んだり、八王子の実家に帰って姪《めい》っ子と遊んだりします。予定があるんです」

「そんなのいつでもできるだろ。それより、社会的な大問題に俺たちと一緒に立ち向かえ。まずは、孤独死の現場だ。取材を始めるにあたって、人間、所詮一人だという過酷な現実を直視しようじゃないか。アンカーは上原だ。目をかっぽじってよく見ておけ」

かっぽじるのは、目ではなく耳ではないだろうかと思いながら、あいまいにうなずいた。

孤独死を取り上げるのはいいと高橋は言っていた。現在の家族の姿を問ううえで、大事な話題だと千穂も思う。

切り口が問題なのだ。坂巻が言うように「人間所詮一人」では、オチも何もあったものではない。

高橋の提案が現実的だと思うが、坂巻は納得していないし、千穂も平凡すぎると感じる。

原稿執筆までこぎつけられるのか不安だ。

「とりあえず、取材だ。実は、最終回はこれしかないと思って、アポを取っておいたんだ。それがちょうど明日の九時からだ」

遺品整理サービスを手がけている企業に頼んで、整理の現場の同行取材をするのだと坂巻は言った。

「四日ほど前に亡くなった一人暮らしの老人の家に入れてくれるそうだ。遺族の了解も取ってある」

そっと唾を飲み込む。

許可を取り付けたところをみると、坂巻はその企業の上層部とコネがあるのだろう。

それにしても、しょっぱなからそんな現場の取材とは……。

心構えがまだできていないと言いたいが、断るという選択肢はない。

「八時四十五分に、地下鉄東西線の神楽坂の早稲田寄りの改札に集合してくれ。堀も絶対に来いよ」

そう言うと、緑色のデイパックを手に取った。

引き上げるらしい。

作戦会議だと張り切っていたのに、あっさりしたものだ。

「坂巻さん、今日も明日も自転車ですか」

堀が言った。

「当たり前だ。俺は、地球環境に優しい人間なんだよ。じゃあな」

颯爽《さつそう》と去っていく後ろ姿を堀と二人で見送る。

「どうしたもんですかねえ」

堀がため息をついた。

「休みなのに、ごめんね」

自分がふがいないから、堀にまで迷惑をかけてしまうのだ。

「いや、それはいいんです。理不尽大王だけならともかく、高橋さんにも言われていますから、休みはしようがないです。でも、孤独死っていうのは、どうなのかな。平城さんの案が素晴らしいとは思わないけど、人間所詮一人が結論では、久保田さんが認めないでしょう」

「まったく、その通りだね。久保田さんじゃなくても、却下される」

しかし、人間所詮一人というのは、あながち嘘《うそ》でもないかもしれない。

現に、今、一人ぼっちかもしれない人間がいる。

すぐにでも電話をしなければならないという気がしてきた。

「ごめん。ちょっと私用の電話をかけてくる。明日、よろしくね」

「お疲れさまでした。僕もそろそろ帰ろうかな」

堀が小柄な身体で伸びをした。

スマートフォンを手に、ほとんど人が通ることがない階段の踊り場へ向かった。

エアコンが効いていないせいで、ひどく蒸し暑い。

電話に出た相沢は、容態を尋ねる千穂にほとんど答えなかった。

「企画の進捗《しんちょく》状況は、メールで読んでる。俺、高橋さんの評価を落としちゃったかな。結局、二回目のアンカーをやっただけで、あとはろくに仕事をしていない」

「そんなことないよ。病気なんだもの。しょうがないじゃない。高橋さんは、そのあたりは無理を言わない人だから大丈夫」

「まあ、そうかもな。でも、政治部の連中が問題だ。俺のことをどう思っているんだろう」

――心配していると思う。

そう言おうと思ったが、その前に相沢は甲高い声で笑い始めた。

「考えるまでもなかった。俺の評価が落ちれば、あいつらは喜ぶだろうな。ライバルが一人減るわけだから」

「喜ぶだなんて、そんな……」

「いや、絶対に喜ぶ」

政治部の人間が、人でなしばかりだなんてことは、絶対にない。

でも、相沢にそう言っても無駄だ。彼の頭の中では、ストーリーが出来上がってしまっている。

話しているうちに、不安が込み上げてきた。

これだけ話せるのは、気分が落ち込み切ってはいないからだろう。うつ病がひどければ、話す気力も出ないと聞いている。でも、焦りのためか病気のためか、平常心を失っている。今にもポッキリ折れてしまいそうだ。

そういえば、さっきから回線の向こうでカタカタと音が鳴っている。相当激しい貧乏ゆすりをしているのだろう。

「見てろよ。俺は絶対に復活する。絶対に復活する。こんなところで終わるような人間じゃないんだ」

念仏のように繰り返すのを聞いて、怖くなった。

「それより具合はどうなの？　もう一週間になるんでしょ。夏風邪とは違うかも」

「風邪だよ。すぐに良くなる」

「相沢君、病院には行ってる？」

「だから、夏風邪だって。心配ない」

「余計なお世話だと思うけど、奥さんと連絡は取ってる？」

「もちろんだ」

「奥さんには病気のことを言ったほうが……」

「だから、心配ないんだって」

強い口調でさえぎられ、ため息をつく。

この様子では、おそらく今でも妻には窮状を伝えていない。

こんなとき、どうするのが正しいのだろう。

常識的に考えれば、高橋を通じて相沢の上司に相談するのが賢明だ。肩の荷を下ろせる。

自分は、相沢にとって、ただの同僚だ。それ以上のことはできないし、する必要もない。

ただし、相沢がそれを望んでいないのが問題だ。

千穂としては、告げ口をするようで心が咎《とが》めるし、相沢が知ったら、激怒するに決まっている。

かといって、このまま彼を一人で臥せらせておくのは心配だ。

「じゃあ、もう切るぞ。明日は無理かもしれないけれど、明後日には出社できると思う。俺は復活する。絶対に復活する」

そう言うと、相沢は電話を切った。

生活情報部に戻る気になれず、その場で考え込んでいると、足音がして、ふいに肩を叩《たた》かれた。

「坂巻さん！」

　デイパックを背負った坂巻が、ニヤニヤしながら立っていた。

「振られたのか。お前も堀もこんなところで彼氏、彼女に電話だんて、危機管理が甘すぎるぞ」

「いえ。それより、坂巻さんはこんなところで何してるんですか？　てっきり引き上げたものだと思ってました」

「見りゃ、分かるだろ。トレーニングだ。帰る前に、階段を一往復する習慣だ。知ってるか？　階段の昇降は有酸素運動であると同時に、大腰筋、腹筋、背筋などを効果的に鍛えられる」

　そう言うと、重大な秘密でも打ち明けるように、小声になった。

「実は、体脂肪率が〇・五パーセント増えたのが悩みなんだ」

　そんな悩みしかないなんて、坂巻が心底うらやましい。

「それより、さっきの電話は聞き捨てならなかったな。お前、奥さんのいる男と付き合ってるのか？」

　立ち聞きされていたらしい。

「違います！」

「だってそう言ってたじゃないか。しかも、相沢って企画班の同期だよな。夏風邪の話も出ていたし、ごまかしても無駄だ。俺は、他人の色恋沙汰《ざた》に口を挟むような野暮な人間じゃねえ。でも、同期と社内不倫ってのは、さすがにまずいだろ」

そこまで聞かれていたのか。だったらいっそのこと……。

千穂は坂巻の顔を見上げた。

「他の人には、黙っていてもらえますか？」

「こう見えても口は堅い。相沢と切れたいなら、俺が責任を持って話をつけてやる」

千穂は首を横に振った。

「そうじゃないんです。相沢君の奥さん、ニューヨークにいるんです」

在京キー局の社員で現在留学中だと説明する。

「だから、彼は一人暮らしなんです。ちょっと心配になって。病欠が長いと、政治部の同僚かデスクって様子を見に行ったりしないものなんでしょうか」

そうしてもらえれば、安心できる。

しかし、坂巻は言った。

「一人暮らしでも、状況によるだろ。親や兄弟が近くにいるなら、わざわざ会社の人間が出張る必要はない」

「実家は東京だと思います。ただ、実家と連絡を取っていないと思います」

心の病気について隠しているならそうだろう。親の目はごまかしにくい。

坂巻は、考え込むような顔つきになった。

「相沢は、誰にも何も言わず、一人で寝ているというわけか」

「はい」

坂巻は、顎《あご》のあたりをしきりに撫《な》でた。

「実はすごいやつだったんだな。家族がいても、人間所詮一人だ。そう悟っているから、あえて助けを求めないなんて、並みの人間にはできることじゃねえ」

脱力感を覚えた。なんでそういう発想になるのか。

「もういいです」と言おうとしたが、坂巻は顔を輝かせた。

「よし！　今から見舞いと称して、相沢の家に取材に行こう。住所は社員名簿を調べれば分かるよな」

「ええ？　そんなのダメですよ」

相沢が激怒するに決まっている。

「一人暮らしで大変そうなんだろ？　コンビニに寄って、レトルトの粥《かゆ》とか、スポーツドリンクとか買っていってやれば、相沢もありがたがるに決まってる。第一、お前だって心配していたじゃないか。だったら、自分の目で確かめるのが早い」

「それはそうかもしれませんが」

そのとき、気づいた。

千穂は相沢が心の病気だとは言っていない。「一人で寝ているのか」という坂巻の質問に、「はい」と答えただけだ。

「坂巻さんの取材は、止めません。でも、私が坂巻さんに彼のプライベートをペラペラしゃべったと知ったら、怒ると思うんです。私から聞いたって言わないでもらえませんか」

会議のときに、小耳にはさんだとでも言ってもらえれば、問題ない。坂巻は訳の分からない人間だ。相沢だってそれは察している。

坂巻に様子を見てきてもらえば、千穂としても安心だ。

いや、そうでもないのだろうか。

心の病気だと一目で分かるような状況だったら、結局は相沢との約束を破ることになってしまう。

「あの、でもやっぱり、よくないような気も……」

「お前の名前は出さないから心配するな。俺は奴の先輩だ。後輩が一人で寝込んでいたら、見舞いに行くのは、むしろ常識だろ。というわけで、早速取材に行ってくる！」

坂巻はそう言うと、軽やかな足取りで、階段をかけ下りていった。

フード付きの作業服に着替えてロッカールームを出ると、作業服を着た堀と大柄な男性が待っていた。

男性は内藤と名乗った。目がかまぼこのような形で、五十は超えていそうなのに、つるりとした肌をしている。

名刺を交換すると、この会社の常務だった。

「坂巻さんが、いらっしゃらないのは残念です。久しぶりにお会いしたかったのに」

「すみません、急な取材が入ってしまったようで」

方便を使いながら、謝罪する。

遺族の許可を取るなど何かと難しい取材を依頼した張本人が、欠席する理由が寝坊だなんて、とてもじゃないけど言えない。

「では、車に乗ってください。現場にはもう作業員が入っています」

内藤はそう言うと、事務所のドアを押し開けた。

車で十分ほど走ったところにある八階建てのマンションの裏で停車した。

「ここですか？」

堀が建物を見上げながら、意外そうに言う。

壁は打ちっぱなしのコンクリートで、ベランダの手すりは曲線的な洒落《しゃれ》たデザインだ。

観葉植物をこれ見よがしに並べている部屋も多い。

孤独死という言葉から、生活困窮者というイメージを持っていた。それが偏見であったと気づく。

三人で車を出ると、オートロックのエントランスで管理人室を呼び出した。扉を開けてもらって、エレベーターに乗り込む。

エレベーターの内装は、昔のヨーロッパを思わせるもので、レトロなボタンが並んでいる。デザイン性の高い、おそらく一部屋当たりの価格も高いマンションだ。

堀と二人で黙り込んでいると、内藤は笑った。

「緊張なさらずにどうぞ。遺体の搬出や基本的な消毒はすませてあります」

臭いが抜けるのを待ちながら、遺品の整理をしているという。

そうは言っても、気軽に見学はできない。車を出るときに、薄手のビニール手袋だけでなくマスクや靴をくるむ袋を渡されたところをみると、引っ越しの現場とは様相が違うはずだ。

三階の一室の前で内藤は足を止めた。

指示された通りにフードをかぶり、マスク、ビニール手袋、靴袋を装着する。

バッグは貴重品ごと鍵付きのロッカーに入れさせてもらった。臭いがつくから、極力ものを持ち込まないほうがいいという。

遺族の意向により撮影は禁止なので、メモ帳とペンだけを手にしている。

「では、中へどうぞ」

内藤に続いて玄関を一歩入った。息を止めたが、取材が二、三分で終わるはずもないので、覚悟を決めてマスク越しに息を吸った。消毒薬の臭いはするが、異臭はかすかなものだった。

臭いを抜いている段階だと言っていたから、こんなものなのだろうか。

堀もほっとした表情を浮かべている。

「内藤だ。取材で入るよ」

内藤は声をかけると、廊下を奥へ進んだ。

孤独死が発生したと知らなければ、住人がうらやましく思える豪華な部屋だ。

洗面台は人工大理石製だし、リビングルームのソファは革張り。テレビも巨大だ。フローリングの木材自体、千穂の部屋のものとは重厚感が違う。

キッチンで棚の中身をごみ袋に詰めていた男性が、三人を見て軽く会釈をした。

「現場、どこだっけ？」

内藤が尋ねる。

「リビングの隣の洋間です。書斎に使っていたようですね。荷物はすべて出してしまいましたが」

いよいよだ。

そっと唾を飲み込んだ。

そういえば、リビングに入ってから異臭が強くなっている。

内藤は無造作にリビングとの境の扉を引いた。

そのとたんに、強烈な異臭が鼻をついた。消毒薬の臭いも混じっている。隣にいる堀を見ると、泣きそうな目をしている。

でも、見なければならない。千穂は、部屋をざっと見渡した。

家具もカーテンもない部屋だった。引っ越し先の内見にでも来たようだ。

しかし、部屋の隅に黒いしみがあった。

頭、腕……。なんとなく人の形をしている。

形ばかりではなく、ごく一部とはいえ、人の体の一部がそこに残っているのだと思うと、背中に冷たいものが走った。

堀も言葉を発せないようで、しみのあたりを凝視している。

内藤は、静かに話し出した。

「そこで倒れておられたようですね」

死亡した四日後に、隣の住民が異臭に気付いて管理人に相談したことから、遺体は発見された。

わずか四日とはいえ、この暑さだ。腐敗が進行し、血液や肉、皮膚などがドロドロに溶けたものがフローリングに染みついていたのだという。

「特殊な薬品で除去しましたが、シミまでは消えませんでした。分譲だそうですから、この後どうするかはご遺族の判断です。おそらくフローリングを張り替えることになるんでしょう」

堀が小声で尋ねた。

「どんな方だったんですか？　あと、死因は？」

「七十歳の方でした。奥様が亡くなった昨年から一人暮らしで、肝硬変を患っていたそうです。具合が悪くなって倒れてそのまま、と聞いています」

そう言うと、内藤は扉に手をかけた。

「ここは、このぐらいにしておきましょうか」

なんとなく合掌をして、扉が閉まるのを待った。堀も手を合わせていた。

キッチンでは作業が続いていた。

先ほどの男性といつの間にか現れたもう一人が、流れ作業で食器を片付けていく。

「整理整頓の行き届いたお部屋でした。ごみ屋敷みたいな部屋も多いから、はるかに片づけは楽です。何を処分して何を残すかは、ご遺族が細かく指示をしてくださいましたし、現場の中では本当に楽なほうです」

「ご遺族の方は？」

「息子さん夫婦が、車で十分ほどのところに住んでいます。行き来が頻繁な親子でしたが、たまたま四日ほど連絡を取らなかったところ、孤独死になってしまったというわけです」

内藤はそう言うと、千穂と堀を見た。

「違和感がありますよね。亡くなった方が孤独だったとも孤立していたとも、私には思えません。たまたま、そういう亡くなり方をしただけです。不幸というのとは、違うような気がします。強いて言えば、タイミングが悪かった、でしょうか」

その通りだと思った。

孤独死は、ただ、ただ、ただ、悲惨なものだと思っていた。フローリングのしみには、ぐっとくるものを覚えた。

でも、内藤が言うように、タイミングが悪かっただけで、この部屋の住人は不幸ではないと思う。

そういえば、坂巻は「孤独死は、不幸ではない」と言っていた。

意味するところは多少違うが、その言葉自体は正しいのかもしれない。

家族との絆が強くたって、一人で死んでいく人もいる。

どこでどんな生活をしていようと、誰もが孤独に死ぬ可能性がある。千穂だって、例外ではないのだ。

内藤はうなずいた。

「そうですね。孤独死を減らす努力は必要でしょうが、孤独死をゼロにすることはできないと思います。この仕事はきついことも多いのですが、誰かが絶対にやらなければなりません。だから、私たちが誇りを持ってやらせていただいています」

——誰かが絶対にやらなければなりません。

メモをしっかりと取った。

企画とは直接関係がないかもしれないけれど、覚えておきたい言葉だ。仕事というのは、そういうものかもしれない。

堀が、壁の時計を見た。

「そろそろ出ませんか？　なんだか、息苦しくて」

焦《じ》れたように言う。

「はい。続きは事務所で話しましょう」

内藤の言葉が終わる前に、堀は玄関へと小走りで向かった。

内藤の会社でシャワーを借りて浴びたのに、身体や髪に臭いがついているような気がして、取材後にいったん自宅に戻った。

サラリーマンであっても、そのぐらいの自由は記者にはある。

堀も同様だ。臭いのせいか、心理的な問題か、気分が悪くなってしまったそうで、事務所で内藤の取材をしている間中、青い顔をしていた。

浴室から出て下着をつけていると、スマートフォンが鳴った。

バスタオルを肩にかけて電話に出る。坂巻からだった。

「おう、取材はどうだったよ」

すっぽかしたくせに、悪びれずに言う。

「いい取材ができたと思います」

「臭い、すごかったか? 野郎だけならともかく、お嬢ちゃんが行くから、レベルの低い現場を選んでもらったんだけど」

もっと過酷な現場でも問題ないと言い返そうとしたがやめた。それより先に確かめたいことがある。

「昨夜はあの後、どうでした?」

「その件で電話した。相沢の野郎、ふざけやがってよ」

坂巻は、興奮した様子でしゃべり始めた。

夜中にいきなり訪問しても、不審がられて居留守を使われるかもしれない。そう思って、マンションのエントランスの前で、電話をかけたのだという。

電話に出た相沢は、坂巻の見舞いを断った。

「いくら俺でも、病人に無理は言えねえ。取材は諦めた。でも、マンションの近くのコンビニで、粥やら、ヨーグルトやら、スポーツドリンクやらを買い込んじまったわけよ。それを玄関先で渡すと言うのに、それすらプライバシーの侵害だとか言って拒否だ。心配して見舞ってやってるのに、いったいあいつは何を考えているんだか」

見舞いではなく、取材が目的だったはずだ。

そんなことは忘れたのか、坂巻は本気で腹を立てていた。

「俺は自転車だって説明したんだぞ。しかも、スピード重視でタイヤが細いから、重いコンビニの袋を提げて運転するのは大変なんだよ。だから、品物だけ受け取れって言ったのによ」

相沢の悪口を聞き続けるのもうっとうしいので、電話を切ろうとしたが、坂巻はその隙を千穂に与えなかった。

「あまりにも頭に来たから、あいつの嫁に連絡をした」

「ええ？」

彼の妻はニューヨークのはずだ。しかも、なんで電話番号を知っているのだ。

「相沢君の奥さんと、知り合いなんですか？」

だったら、昨日の段階で言えと思いながら尋ねる。

「まさか。でも、お前が昨日、嫁の勤め先を教えてくれたじゃないか。その局の知り合いに連絡して、嫁に電話をかけてもらったんだ」

「でも、なんて言って」

「緊急事態だ、旦那が一週間も会社を休んでいるから先輩である俺が様子を見に来てやったのに、チャイムを鳴らしても出やしねえ。管理人にカギを開けてもらうためには、身内の許可が必要だろうから、とにかく至急、俺に連絡しろって言ったんだ」

「それで、どうなったんですか？」

「嫁からは、連絡は来なかった。替わりに局の知り合いから電話がきた。嫁は、悪知恵が回るタイプなんだな。俺に電話をかける前に、相沢にかけやがった。それで、俺の誤解だったという話になっちまった」

悪知恵が回るのではなく、当然の対応だ。

なのに、坂巻は憤慨していた。

「俺の作戦はパーよ。結局、自転車のハンドルにコンビニ袋を提げて帰る羽目になったんだ」

スピードが出せず、帰宅が予定より大幅に遅れたのだという。

「というわけで、今日の取材に行けなかったのは、俺じゃなくて、相沢の責任だからな。俺は、理由もなく取材をすっぽかすような人間じゃねえ」

そこのところを間違えないようにと言うと、坂巻は電話を切った。

すっぽかしを弁解するために、わざわざかけてきたのか。

そんなのどうでもいい。それより、相沢だ。

坂巻の話から推察すると、彼は昨夜、妻と話をしている。

相沢は、自分の窮地を正直に訴えただろうか。それとも、嘘《うそ》をつき通したのだろうか。後者のような気がする。そんなに無理をしていたら、いつか心がポキリと折れてしまうのではないか。

そうなってからでは遅い。

相沢の番号を検索しかけてやめた。

自分は、ただの同期だ。そこまで立ち入るのは行き過ぎだ。それでも、気になるのは、孤独死の現場を見てきたせいだろう。まさかとは思うが、このまま放置して何かあったら、一生悔やむ。

再び相沢の番号を呼び出し、かけてみた。留守番電話サービスにつながった。

寝ているのか、わざと出ないのかは分からない。

後でまたかけてみることにして、着替えの続きをするためにクローゼットへ向かった。

第5章　我が道を行け

八月もあと残りわずかだ。といっても、残暑というものが東京にはある。秋の虫の声がするのにこの暑さが続くと思うと、反則だと言いたくなる。

汗をハンカチで拭きながら、エレベーターに乗り込んだところで、千穂は固まった。

久保田が、駆け込んできたのだ。

平静を装って頭を下げる。

「お疲れ様です。あの、何階ですか？」

「五」

ぶっきらぼうに言う。

ボタンを押すと、久保田に向き直り、思い切って話しかけた。

「家族の企画の件ですが、三回目はどうなったでしょうか」

もうあまり時間がないのに、いまだにペンディングだ。競作にすると言われていた千穂と平城の原稿は、両方使うことになるだろうと高橋には言われている。

でも、まだ却下と決まったとは聞いていなかった。なし崩しのようにボツにされるよりは結果を聞きたい。

しかし、エレベーターが千穂の降りる四階に止まっても、久保田はだんまりを決め込んでいた。

ダメならダメ。検討中ならそう言えばいいのに、無視するなんて、大人げがない。第一、失礼だ。千穂は、部下ではあっても、使用人や奴隷ではない。

しかし、無言で降りたら、久保田と同程度の人間に成り下がると思って、あえて声をかけた。

「失礼します」

エレベーターを出ると、背後から声が降ってきた。

「採用」

振り返って確認しようとしたが、扉は閉まっていた。

半信半疑で生活情報部のある一角へと向かう。

デスク席に、高橋がいた。険しい表情を浮かべながら、ゲラをチェックしている。

生活情報部のルーチンワークも高橋にはあるのだ。

「高橋さん」

顔を上げた生え際に、前よりも白髪が目立った。

「さっき、久保田さんとエレベーターで会ったんですが、例の三回目、採用って言ってたような……」

高橋が両目を大きく見開いた。

「それ、ホント？」

勢い込んで言われて、自信がなくなった。

「たぶん」

「頼りないわねえ。私が、確認してくる」

高橋はそう言うと、スカートの裾を蹴るようにしながら駆け出した。

隣の席にいた筆頭デスクの阿波野朝子が笑った。「鉄の女」が笑うとは、相当機嫌がいいようだ。

「高橋さん、若いなあ。私はとてもあんなふうには、走れない」

「阿波野さんは、何か聞いてませんか？」

部長会などいくつかの会合で話し合ったけど、結論が出ずに、久保田さんの預かりになったはずだと阿波野は言った。

高橋も、それを知っており、ＬＧＢＴのエピソードを削るか、ボツを覚悟していたという。

「まず無理だろうって思ってたんだけどね。なんで久保田さんの気が変わったのかしら」

「さあ……。今でも認めたくなさそうではありましたけど」

「理由はなんであれ、歓迎だわ。上原さんも、頑張った甲斐《かい》があったわね。いい経験になったでしょう」

「はい」

頑張るというのは、馬車馬のように言われるまま前に進むことではないと阿波野は言った。

「自分がどこに行きたいかを見極める。途中、ハードルがいくつもあっても、くじけない。それが頑張るってことね。覚えておくといいわ」

「はい」

真面目《まじめ》と真剣の違いのようなものだろう。

ぼんやりとしていた両者の区別が、今ははっきりとつく。自分のメモが中心的なエピソードとして使われること以上に、それが嬉《うれ》しい。

上の方針に納得できなければ、しつこく食い下がり、周囲を動かして風穴を開ける。

これまで千穂にはなかった発想だ。

――組織の一員だから、サラリーマンだから。

もっともらしい言い訳をして、ハードルの手前で引き返してはいけないのだ。

長い目で見たときの自分のキャリアのために、あえて挑戦を見送るという選択肢はある。

高橋は初めの頃は、そうしようとしていた。

でも、将来を考えるなんて、自分には早すぎる。今はまだそんな余裕はない。

足をぶつけようが、ハードルが倒れようが、飛んでみるべきだ。地面を思い切り蹴る勇気がなければ、行きたいところには、いつまでたってもたどり着けない。

高橋が、満面の笑みを浮かべながら戻ってきた。

「OKだったわ。事情も分かった。なんと当間会長の鶴の一声ですって」

「会長が？」

阿波野が驚いたように言う。

「私も、久保田さんというより会長こそ、ウチの新聞の時代遅れの家族観、さらに言えば古臭い社内体制の元凶だと思っていたんですけどね」

高橋の舌鋒《ぜっぽう》は、いつになく鋭かった。それだけほっとしているのだろう。

しかし、すぐに高橋は険しい表情になった。

「それより、最終回、どうするのよ。あなたのほうも、平城さんのほうも、今の状態では使えない。どちらか一本は、どうにかしなきゃならないのよ」

「そうなんですよね……」

うなだれながらつぶやく。

孤独死の取材は、しょっぱなこそうまくいったものの、その後はめぼしいエピソードに行き当たらない。

どういうまとめ方をするのかも、ノーアイデアに近い。

坂巻は相変わらず自分勝手なことを言うばかりだし、堀も頑張ってくれてはいるが、地力がそもそも千穂と大差ない。

行き詰まっているという実感があった。

「来週の火曜までには、今ある材料で原稿を書いてみて。平城さんにも、そうしてもらうわ。そのうえで、どっちかどうにかできそうか、検討してみるから」

今日は金曜だ。残された時間はわずかだった。しかも、アポが入っていないから土日に取材は難しいだろう。

「分かりました」と返事をしたものの、まったく自信はなかった。

自分の席に戻ると、机に突っ伏した。

いいことがあったかと思うと、難関にぶつかる。まるで、ジェットコースターにでも乗っているような気分だ。

そういえば、この部に異動してきたときには、仕事が楽になって、人間らしい生活ができると期待していた。

完全に誤解だった。理不尽大王、坂巻のせいばかりではない。

だんだん分かってきた。楽な仕事などないのだ。

どんな仕事であっても、楽をしようとすればできる。でも、真剣にやろうと思ったら、茨《いばら》の道が待っている。

それを避けて楽な道を行くか、まっすぐに進むかは自分次第だ。

茨の道を選ぶなんて、バカバカしいと思う人もいるだろう。以前の千穂はそうだった。でも、今はそうは思わない。険しい道を歩いていると、突然、絶景が目の前に広がると知ったからだ。

片鱗《へんりん》ではあるけれど、その心地よさを味わってしまったから、もう引き返せない。

堀が話しかけてきた。

「高橋さんとの話、聞こえてましたよ。火曜日が初稿の締め切りなんですね。とりあえず、今ある材料で書いちゃうしかないんじゃないですか」

顔を上げると、柿沼もこっちを見ていた。

「そうだろうなあ。あとは、高橋さんに任せればいいよ。それがデスクの仕事だ。アンカーだからって張り切るのは分かるけど、根を詰め過ぎじゃないか？　なんか目の下が黒いぞ」

「あ、ホントだ。上原さん、死相が出てますよ」

堀に言われ、慌てて涙袋のあたりをマッサージする。

「でも、私、できれば自分で最後までやりたいんですよね」

疲れ果ててはいるものの、気力は充実していると思う。自分にとって、ここは正念場だ。

「気持ちは分かるし、意欲は買うけど、最終的に責任を取るのは高橋さんであり、坂巻さんだと思うぞ」

「そうですよ。なんでもかんでも自分で抱え込んだら、つぶれます。責任なんか、坂巻さんに押し付ければいい。あの人が、人間所詮一人、という結論にしないとダメだと言い続けるから、我々の取材がおかしな方向に行くんですよ」

そういうと、堀は声を潜めた。

「それに……。僕には事情がよく分からないけど、企画班の人、一人、つぶれちゃったんでしょ」

隠すことでもないのでうなずく。

相沢はあの後、まとまった休暇を取った。心の病気だという噂《うわさ》が広がっているが、それ以上のことは千穂たちには知らされていない。

本人には、「また一緒に働ける日を気長に待ってます」とメールを送った。返信はない。

そのとき、ふわふわとした足取りで静内が入ってきた。

顔が少し赤い。まだ六時になったばかりだが、どこかで酒を飲んできたようだ。

「静内さん、ちょっと見てやってくださいよ。上原さんに、死相が出てるんです」

余計なことをと思ったが、静内は笑いながら近づいてきた。

堀が言った。

「うわっ、これはひどい。確かに死相だ」

顔をしかめながら言う。

「やっぱり、誰が見てもそうなんですよ。土日休んで、月曜に原稿を書く。上原さん、そうしましょう！　上原さんが休まないと、僕も休みにくいから、ぜひそうしてください」

気遣ってくれるのは嬉しかった。でも、そういう気分にはなれない。

かといって、取材のあてもない。

うなだれながら自分で肩を揉《も》んでいると、静内が言った。

「実家で骨休めをしてきたらどうだ。月曜の朝に戻ってくれれば、二泊できるじゃないか」

「そんな気にはとてもなれなくて」

母からは、一度帰ってこいとメールが来ていた。一つ上の従兄の巧己《たくみ》に初めての子が生まれたという。それに、実家の隣の伯父夫婦の家で寝たきりの祖父の具合が、思わしくないそうだ。

しかし、祖父本人に電話をかけてみたところ、割合元気そうで、一度顔を見に帰ると言うと、そんな必要はないから仕事を頑張れと、ハッパをかけられた。

「遊びに行けと言ってるわけじゃない。堀からちょっと聞いたんだけど、社会部の記者は、田舎の血縁の取材で苦労しているんだって？」

「ええ」

平城もまた行き詰まっていた。

田舎で取材をすれば、血縁、地縁にがんじがらめになっている辛《つら》さの話がいくらでも出てくる。それを無視して強引に原稿をまとめるのは、さすがの平城も躊躇《ちゅうちょ》しているようだ。

「だったら、実家の周辺で取材して、メモ出しをしてやればいいじゃないか。それで、そっちがうまく進めば、それもまたよし、だ」

柿沼が首を横に振った。

「平城に協力する必要はないですよ。平城だって、上原のメモは使いたがらないでしょう。なにせ、縄張り意識の強い記者だし、我々を毛嫌いしている」

平城は今も厚生労働省の記者クラブに席がある。柿沼は、同省の取材をする際、平城に断っているそうだが、そのたびに強烈な嫌味を言われるのだという。

「そうは言っても、今は同じ企画班で働く仲間じゃないか」

静内がとりなしたが、素直にうなずけなかった。

彼女にはなにかと小馬鹿にされている。高橋に命じられたならともかく、自発的になんて協力できない。

「嫌だというならしかたがないが、ともかく実家へ帰って、母ちゃんの料理でも食ってこい。お前には、休みが必要だ。倒れられたら、こっちの寝覚めが悪い。なにせ、死相が出ているぐらいだからな」

「そうですよ」

堀まで心配そうに言う。

相沢に対して抱いていたような気持ちを、堀たちは千穂に対して持っているようだ。

千穂は、微笑《ほほえ》んだ。

ならば、休んだほうがいいのだろう。

それに、わずか二日であっても、多少は涼しいところに行けると思うと、それだけで気持ちが楽になる。

「分かりました。行ってきます」

「柚餅子《ゆべし》でしたっけ？　あれ、またお土産に買ってきてくださいね」

堀が、明るく言った。

白石蔵王の駅の改札を出ると、巧己が手を振っていた。車で迎えに来てくれたのだ。

ゴールデンウィークに会ったときより、少し太っている。

「生まれたんだってね。おめでとう」

「おう。男の子だ」

「名前は？」

「ひろみ。広いに、己《おのれ》だ。もうちょっとイマ風の名前にしたかったけど、親父とおふくろが反対するからしかたなくて。でも、俺に似てるんだ」

スマートフォンの画面を開いて、写真を見せようとする。

一枚目は興味深く見たが、変わり映えのしない写真を次々と顔の前に押し付けられて、閉口した。

あと三十分もすれば、写真ではなく本人に会える。いったい、どこまで親バカなのか。

心の中でニヤニヤしながらほめそやし続けると、巧己はようやくスマホをしまった。

「さて、行くか。デイパック、持ってやるよ」

「軽いから、大丈夫」

駐車場に向かって歩き出す。

天気があまりにもいいので、なんとなく空を見上げる。雲が秋の形だった。

こっちのほうでは、東京より一足早く秋が訪れる。

並んで歩きながら、巧己が千穂の背中を見た。

「それ、ダサくないか？　聞いたことないメーカーだし。東京で流行《はや》ってるのか？」

「うーん、どうなんだろ。家にあったから」

昨夜、荷造りを始めようとしたら、小旅行用のキャリーバッグの車輪が壊れていた。他に適当な大きさのバッグがなかったものだから、前に坂巻に無理やり買わされたデイパックを背負ってきた。丸みを帯びた形は、よく言えばシンプル、悪く言えば野暮ったい。それはいいとしても、色違いではあるが、坂巻とおそろいでは、とても使う気になれない。国産メーカーの隠れた名品で、値段の割に品質が高いそうだが、宅配便で到着してから、ずっと部屋に放置してあった。

今朝、初めて背負ったら、背中にすっと吸い付くようだった。自転車に乗るとき、邪魔にならなさそうだ。坂巻が愛用している理由がよく分かった。走るときも、具合がいいかもしれない。試しにと思って、軽く走り出した。

思った通り、ほとんど揺れなかった。面白いぐらい、ぴたりと背中に張り付いている。これなら、逃げる取材相手に追いすがるとき、他社の記者に後れを取ることもないだろう。

「お前、何やってるんだ?」

背後から呆《あき》れたように巧己が言った。

車で四十分ほど走ると、集落に入った。珍しいものなど何もないのに、つい窓の外を凝視してしまう。

一つの家の前を通過するたび、そこに住む人の顔が浮かぶ。しかし、それは千穂がここで暮らした十年ほど前のときのもので、思い浮かべた人のうち何人かは、すでに鬼籍に入った。

「お疲れさん」

巧己は歌うように言うと、千穂の家の前に車を停めた。

見慣れた紺色の暖簾《のれん》が目に入った。夏の日差しで、ますます色あせたようだ。

千穂の実家は土産物店を営んでいる。

土産物店といっても、洗剤や卵などの日用品も置いてあるため、地元の人も来てくれる。

「ウチの嫁と子どもが来てる。俺も、車を隣に止めたら、すぐに行く」

「土曜日なのに、ありがとう」

礼を言って、車から降りた。

巧己一家は、ここから少し離れたアパートに住んでいる。広己を千穂に会わせるため、一家三人でわざわざ来てくれたようだ。

巧己の妻は、千穂の高校のときの後輩だ。特に仲が良かったわけでもないが、のんびりした性格で気兼ねはない。

中に入る前に、店先のアイスのケースを覗《のぞ》いた。二種類の商品しか入っていなかった。

モナカと棒のついたソーダ味。

千穂の子どもの頃は、夏には必ず四、五種類の商品を仕入れていた。子どもの数が減って、夏でもたいしてアイスが売れないのだろう。

それでも店は、細々と営業している。

店を畳もうという話も二年前にあったそうだ。

伯父が社長で巧己が専務の零細工務店が、零細ながらも羽振りがなかなかよいので、土産物店を閉めて父が経理や事務を手伝うプランが浮上したという。

ところが、近所のお年寄りたちから、店を閉めないでくれと懇願された。むしろ取り扱う商品を増やしてくれという。

無理もない話だった。

この集落に、スーパーと名の付くものは、もともとない。小さな食料品店は五年前に店主が亡くなった。

ひと段落したら、未亡人一人で再開するという噂もあったが、夫が亡くなり気落ちしたのか、シャッターは閉まったままだ。

上の息子は仙台でIT関係のサラリーマンをやっており、下の娘は結婚して子どもを育てながら白石市で教員をしている。どちらも店を継ぐ気はない。

東京では百メートルも歩けば一軒は見つかるコンビニの進出計画は、聞いたこともない。

そして、白石とこの辺りを結ぶバスは、一日四便だ。

　それでも車を使えれば、さほど不自由はない。都会並みの品ぞろえのスーパーに二十分ほどで行ける。最近、その近くに日帰り温泉施設ができたという。カラオケが併設されており、巧己によると、ちょっとしたレジャースポットとして盛況だそうだ。

　しかし、そうした話も近くに縁者がいない年寄りには無縁だ。視力と体力が衰えた彼らが、カーブの続く山道を運転するのは難しい。運転を引き受けてくれる誰かがそばにいないと、病院通いすらままならないのが現実だ。

　ここには、年寄りが取り残されている。そして、亡くなっていく。

　伯父の工務店の景気がよくなったのも、近辺の工務店二軒の店主が高齢で引退したためで、伯父は素直に喜べないと言っていた。

「ただいま」

　声をかけて中に入ると、赤ん坊が泣く声がした。

　力強い声に、自然と笑みが浮かんだ。赤ん坊の泣き声は、誰の表情をも明るくする。

　子どもは、ここでは唯一と言っていい希望なのだ。

　でも、生まれてきた子が二十年後、この地に留まっているとは限らない。自分の意志で出ていき、戻らないかもしれない。千穂のように。

　それを誰が責められるだろう。

平城の指摘は正しいのかもしれない。少なくとも、自己弁護と罪悪感の間で、自分は揺れ動いている。

立ち尽くしていると、奥との境目のガラス戸が開いた。派手な柄のワンピースを着ている。ムームーみたいな形だ。

「千穂、早く入りなさい。よっちゃんが、赤ちゃん連れてきてくれてるよ」

「あ、ごめん。なんとなく店が懐かしくて。卵、扱うようになったんだね」

トマト、ナスなど野菜の種類も増えているようだ。

「そうそう。ヒロ君から頼まれて置くようになったんだよ」

「ヒロが？」

斎藤博光《さいとうひろみつ》。天文学者になりたいと言っていた秀才だ。米のほかは、自宅で消費する野菜を作っている程度だと思っていた。それが、野菜栽培を増やし、養鶏を始めたのだという。

「特に卵が美味《おい》しいってお客さんに評判がいいんだよ。放し飼いみたいにしてるからだろうね」

赤ん坊が再び高い声で泣き始めた。

背後で扉が開いた。巧己だ。

「あれ？　千穂。なんだよ、早く広己を見てくれよ。賢こそうで、かわいらしい顔をしてるぞ」

じれったそうにデイパックごと千穂の身体を前に押した。

母に借りた自転車を降りると、ナス畑で収穫作業をしている麦藁帽《むぎわらぼう》の男に声をかけた。

「ヒロ！」

博光が腰を伸ばした。日差しがまぶしいのか、目を細めて千穂のほうを見ている。

口元から、白い歯が見えた。

「おお、誰かと思ったら、千穂か！　帰ってたのか」

麦藁帽を脱ぎ、首にかけた手拭いで額の汗を拭く。

泥で薄汚れたTシャツの肩のあたりが軽く盛り上がっている。

年末年始に開かれる同窓会では厚着なので、分からなかった。華奢《きゃしゃ》な秀才は、たくましい百姓に変わっていた。

「休憩するから、一緒に麦茶でも飲もう」

あぜ道に止めてあるトラクターへ駆けていくと、ポットとプラスチックのカップを二つ持って戻ってきた。

トラクターが作る影の中にしゃがむと、博光は尋ねた。

「お盆に帰らなかっただろ？　今年は夏休みがないのかと思ってた。仕事、大変なんだろ。おふくろさんからいろいろ聞いてる。めんどくさい上司がいるんだって？」

思わず、苦笑した。

母との電話でちょっと愚痴を言うと、あっという間にそこらへんの誰もが知るところとなる。田舎の情報拡散スピードは、ネット並みだ。

「こっちには、いつまでいるんだ？」

「月曜の始発で戻らなきゃ」

驚くかと思ったが、博光はあっさりうなずいた。

「白石蔵王まで車なら、東京まで三時間で着くものな」

そうだ。なのに、ここは別世界だ。

冷たい麦茶で喉を潤すと、土の香りを含んだ空気を胸一杯に吸い込んだ。

「そういえば卵とか野菜、ウチの店に置いてくれてるんだってね。お母さん、喜んでた」

「ウチも助かる。細々とだけど、販路を広げている最中なんだ。地元の人も大事なお客さんだからな」

そのとき、軽自動車が向こうからやってくるのが見えた。

通り過ぎるかと思ったら、あぜ道に乗り上げ、そこで止まった。

中から若い男女が二人、降りてくる。どちらも野良着に長靴を履いている。知った顔ではなかった。

「ヒロさん、お疲れ様です。あっちは終わったんで、僕らもナスの収穫を手伝いますよ」

男性が言う。

いったい誰だろうと思っていると、博光が腰を上げ、千穂を二人に紹介した。

「俺の幼馴染《おさななじみ》。東京で中央新聞の記者をやってるんだけど、週末に実家に帰ってきたんだって」

「ああ、そうなんですね。こんにちは！」

女性が明るく言う。

手拭いを姉さんかぶりにしているが、色が驚くほど白い。男性のほうは、博光と同じぐらい日焼けをしているが、体つきは昔の博光と同じぐらい華奢だ。

「あの、この人たちは？」

「清太郎《せいたろう》は、去年の六月から住み込みで働いてもらってる。紅子《べにこ》ちゃんは、東京からのお客さんだ。と言っても、もう来るのは三回目だから、お客さん扱いでもないけど」

人を雇ったとは、驚きだった。しかも、お客さんとは……。しばらく会わないうちに、博光の家は、劇的な変化を遂げたようだ。

「じゃあ、僕ら作業に入ります」

二人はそう言うと、トラクターの荷台から、籠やハサミを取り出すと、勝手知ったる様子で畑に入っていった。

「今どき、住み込みって、珍しいね」

「ウチ、母屋の隣にもう一棟、あるだろ」

昔、博光の祖父母が住んでいた家だ。

「前の冬にあそこに手を入れて、人が住めるようにしたんだ。二階はお客さんの部屋だ。手を入れたといっても、古いから、あまりきれいじゃないけど」

「どういうこと？」

博光は表情を引き締めた。

「宿泊施設つきの体験農園みたいなものを作りたいと思ってる。地元の人も、都会の人も集まれるような場所だ」

訪れた人は、その家に滞在しながら農作業を手伝い、一緒にご飯を作って食べるのだと博光は言った。

「すごい。よくそんなこと考えたね」

田舎で暮らす人は、変化を望まないものだと決めつけていた。それもまた、自分の偏見だったのだ。少なくとも、博光は自分の家、そして自分の仕事を変えようとしている。

清太郎の発案だと博光は言った。

「ネットで情報を発信して、お客さんを募集してくれている。俺らより二つ年下だけど、本当に頼りになる」

「遠い親戚か何か？」

博光は首を横に振った。

博光は養鶏を始める前の去年の二月、平飼いのベテラン養鶏家の元で二週間研修を受けた。そのとき、一緒だったのが清太郎だという。意欲的で頭も人柄もよかったから、すぐに意気投合したそうだ。

「その後も、連絡を取っていた。春先に、働き場所が見つからなくて困っていると聞いたから、だったらウチで一緒にやらないかと声をかけた」

「親は、反対しなかったの？」

「もちろん大反対に決まってる。先祖代々の家や田畑に嫁でもない他人を入れるなんて、絶対にダメだって。親父は怒鳴るし、お袋は泣いた。でも、俺が押し切った。今では諦めの境地ってところかな。清太郎がとにかくいいやつだから、気に入ったというのもあるだろうけど」

そう言うと、博光は顔をくしゃっとさせて笑った。

「高校を卒業する頃、俺って悲壮感が漂ってただろ」

何も言えなかった。

「親の農家を継ぐために、夢を諦めて地元に残るほかないと思ってた。悔しかった。大学に行く千穂がうらやましくてしようがなかった。はっきり言って、俺のほうが成績優秀だっただろ。しかも、千穂とは違って明確な目標があった」

そっと、うなずいた。

「でも、最近分かったんだ。俺は、先祖代々の農家を継ぐんじゃない。俺がなりたい百姓になるんだ。そのために、ここに残った。これでよかったんだ」

百姓は米作りだけでなく、なんでもやるのだと、博光は言った。養鶏や野菜栽培を始めたのはそのためで、有機栽培にも乗り出したという。その先にあるのが、宿泊施設付きの体験農園だ。

無口でおとなしい男だったのに、熱っぽく語り続ける彼に、当時の面影はない。

「まだ手探りで、どこまでできるか分からない。このあたりの人間は、よそ者に対する警戒心も強いし。でも、手ごたえは感じてる」

高齢化が進む一方では、この土地はますます暮らしにくくなる。よそ者であっても、定住しなくても、若い人がこの地にやってくる仕組みが必要なのだと博光は言った。

「そのことを地道に訴えていく。難しい仕事だけど、清太郎の人柄がいいから、それほど難しくはないと思うんだ。卵を気に入ってくれた人が、鶏の見学に来たりして、交流も生まれてる」

「面白い仕事をみつけたね。楽しそうでうらやましい」

心からそう思った。そして、興味がある。

一軒の家で他人同士が、まるで家族のように暮らすなんて、千穂には想像がつかない。

でも、それをしている人たちがいる。

「そうだ、千穂も今夜、ウチで夕飯を食べないか？」

今朝、卵を産まなくなった鶏を絞めたから、庭先で鶏肉の炭火焼きをするという。

「炭も自家製だ。親父が、せっかくだからと言って、炭焼きを始めた。おふくろも、今から料理の仕込みをしているから豪勢になるぞ。夜までには、紅ちゃんの友だち二人が東京からバスで駆けつけてくる。俺らの二つ下で農家を継いだ哲太《てった》も遊びに来るって」

まるで、親族大集合ではないか。

「その後には、みんなで車に分乗して、星を見に行くんだ。東京の人にとって珍しいものみたいだから、喜んでもらえると思う」

百姓になったばかりでなく、天文学とも付き合いを続けているのか。博光が大きく見えた。

「ありがとう。必ず行く」

さっき祖父と一緒に昼食を取ったし、巧己の子との対面もすませた。

両親は、家で夕飯を食べろと言うかもしれないが、これは取材だ。これから出現するかもしれない新しい家族の取材だ。

そう言うと、博光は表情を曇らせた。

「取材か。それは、どうかな。新聞に名前とか出るんだろ？」

「うーん。本人から直接聞いてもらったほうがいいと思うんだけど、清太郎がちょっとね」

「問題があるの？」

「ああ、そうか。じゃあ、そのへん含めて後で本人と相談ってことで」

「問題があるなら、仮名を使ってもいいけど」

博光は、そろそろ作業に戻ると言った。

畑で働く二人のほうへと、軽やかな足取りで歩いていった。

身体だけでなく、心も強くなったのだと思った。


博光の家は千穂の家からは、徒歩で二十分ほどの距離だ。

歩いて行くには少し遠いのだが、帰りは車で送ってくれるというので、自転車には乗らずに家を出た。

日が暮れようとしていた。西の山に落ちかかる夕日を眺めながら、田んぼが両脇に広がる道を歩くのは、すがすがしい気分だった。

知らず知らずのうちに、両手を大きく振っていた。これではまるで、子どもの行進だ。

門を入ると、煙の臭いが漂ってきた。

母屋の縁側の前に、コンクリートブロックを組んだ即席の炉ができていた。縁側には、食器やコップが所狭しと並べてある。

炉のそばでしゃがんで炭を熾《お》こしているのは、清太郎だ。手拭いをぴっちりと頭に巻いた姿は、職人のようだった。

残りの人たちは、台所で料理の準備でもしているのだろう。網戸越しに、明るい笑い声が響いてきた。

「こんばんは」

声をかけると、清太郎が顔を上げた。

「あ、先ほどはどうも」

感じよく笑いながら、頭を下げる。

さっきは気づかなかったが、笑うと右の頬にだけ、くっきりした笑窪《えくぼ》が浮かぶ。美男子でもなければ、今風のイケメンでもないけれど、愛嬌《あいきょう》のあるいい顔だ。

千穂は、炉の四方を囲むように配置された椅子代わりの丸太に腰を下ろした。

「さっき、ヒロに紹介してもらったけど、上原千穂と言います。中央新聞で記者をしているんですが……」

話し始めると、清太郎はうなずいた。

「ヒロさんから聞いています。取材なら、今のうちにどうぞ。上原さんは、どうせお酒を飲むだろうし、他の人たちが来る前に二人で話すのがいいんじゃないかって」

さすが幼馴染だ。千穂のことをよく分かっている。

ただし、名前や写真が新聞に出るのは困るのだと清太郎は言った。

「理由を聞いて構いませんか?」

清太郎は、手に持っていた団扇《うちわ》で、炭を煽《あお》ぎ始めた。

話す気はないようだ。

しかたがないので、記事にする場合には仮名を使うと断ったうえで、ここで住み込みで働くに至った経緯を尋ねた。

清太郎は、再び笑みを浮かべると、話し始めた。

「僕は、東京の山手線内の出身です。大学生の頃、コンクリートに囲まれた暮らしが息苦しくなって、東京を飛び出しました」

ノートを開きながら、意外に思った。

自分のような田舎者はともかく、東京で生まれ育った人間が東京に息苦しさを感じるとは……。

「子どもの頃は、違和感なかったんですけどね。二十歳を超えた頃から、ビルが自分に向かって迫ってくるような感覚を覚えるようになりました」

そう言うと、清太郎はいたずらっぽく笑った。

「こんなことを言うと、東京に住んでいる上原さんには、怒られてしまうかもしれないけど、人間が住む場所じゃないと思ったから、逃げ出したんです」

苦笑いを浮かべながら、自分は東京をどう思っているのだろうと自問する。

清太郎が言うように、東京は息苦しい。でも、田舎には田舎の息苦しさがある。

将来、清太郎のように、東京を逃げ出すかもしれないけど、今のところ東京のほうが自分はいい。

「その後は、ここに来るまで、どうしていたんですか？」

「日雇いや住み込みの仕事をしながら、全国を転々としていました。人間らしい暮らしって、何だろうなんて難しいことを考えながらね。農家なんていいんじゃないかと思って、三年前の夏、高原の農家で住み込みのアルバイトをしたんですよ。自然豊かな高原で農作業に汗を流すなんて、最高に人間らしい暮らしだろうって思いながら、意気込んで行ったんですが、思っていたのと微妙に違いました。暗いうちから、ものすごく広い畑に出て、ひたすらレタスを収穫するんです。まるで、工業製品を生産しているようでした。こういうことを言ったら、これまた高原レタス農家に怒られてしまいますね」

そう言いながら、手拭いで包んだ頭を掻《か》く。

「彼らには、彼らのやり方やプライドがあるっていうのは分かります。だから、否定してはいけないんですが、僕の求めているものは、違うと感じました。じゃあ、どうすればいいのかと考えたすえにたどり着いたのが百姓でした」

作物や家畜は生命だ。それらを育て、命をいただく。

それが自分の考える人間らしい暮らし方だと思って、農業研修施設で住み込みで二年間働き、その間に養鶏の研修も受けたのだと言った。

そのときに出会い、意気投合したのが、博光だったという。

「そこから先は、とんとん拍子で話が進み、この家の隠居家に置いてもらうことになったんです」

「ここで暮らすには、難しさもありますよね。よその人が移住してくるなんて、滅多にないことだから」

「ええ。最初の頃は、ヒロさんのご両親に、口もきいてもらえませんでした。地元の人には、挨拶をしても、思い切り無視されました。そりゃあ、傷つきましたよ。でも、それは僕のことを知らないからであって、意地悪からそうしているのではないと思うようにしました」

いつの間にか、博光がそばにやってきていた。

炉の上に、焼き網を載せると、あと十分ほどで食材の準備が整うと告げ、母屋に戻っていった。

清太郎は続けた。

「少しずつ、受け入れてもらっていると感じます。最初のきっかけは、去年の盆踊り大会でした」

このあたりでは、夏最大のイベントだ。ささやかではあるけれど、花火大会もセットになっているから、子どもの頃は、楽しみにしていた。

「踊りの最中は、なんとなく輪に入りづらいかんじだったんですが」

自分は酒を飲まないものだから、全部が終わった後に一人でゴミ拾いをしていたのだという。

「そうしたら、同じくらいの年の男が手伝ってくれました。それが、これから来る哲太です。あんた、ヒロさんのところにいるんだってね、みたいな話から始まって、同い年だと分かったら、こんな田舎で農家をやってたら、嫁さんもなかなかもらえないみたいな愚痴になって……。だったら、女の子を呼ぶ仕組みを作ろうよって提案したんです。出会いがなければ、何も始まりませんから」

清太郎が研修を受けていた施設には、都市部出身で実家が農家ではない女性も何人かいたのだという。

「研修を受けても、全員が農家になるわけじゃない。なっても、挫《ざ》折《せつ》して東京に戻ってしまったり……」

農家の仕事はきつい。収入も、特に駆け出しの頃は、多いとは言えず、暮らしはカツカツだ。

しかも、田舎の人にはよそ者に対する警戒心があり、容易には地域になじめない。予備知識としてはそういうことを知っていても、実際に農業の世界、田舎に飛び込んでみると、壁にぶつかるケースが男女問わず少なくないのだという。

「やっぱり、ハードルが結構高いんですよ。僕みたいな変わり者でも、大変だなって思うぐらいですから。でも、完全に諦める必要はないと思う。そういう人の受け皿になれたらなって」

農家を志したことがなくても、農業や田舎暮らしに関心を持つ都会の人は大勢いると清太郎は言った。

「そういう人たちが、親戚の家にでも遊びに来るような感覚で、ここに来られるようにしたいと思ったんです。ヒロさんに話したら、すぐに賛成してくれました」

それが、体験農園を作る計画の始まりだという。

「手始めにお客さんを泊めるために、隠居家を改装したいと言いました。僕は、ボロ家のままで全然構わなかったけど、やっぱり東京から女の子が来るとなると、汲《く》み取りトイレってわけにはいかないでしょう。お金をどうしようって話をしていたら、なんとヒロさんのご両親が、もろ手を挙げて賛成してくれて、援助してくれたんです」

そう言うと、清太郎はくすくすと笑った。

「どうやら、地元の青年向けの婚活施設を作ると勘違いしたみたいです。ヒロさんも、絶賛花嫁募集中ですから、そういう話なら、親としては歓迎だって」

勘違いといえば、その通りなのだが、今年の六月に宿泊者の募集を始めて以来、繰り返しやってくる女の子もいるという。

そのうち恋が芽生えるかもしれないから、博光の両親に嘘《うそ》はついたわけではないと清太郎は言った。

「ただ、婚活施設ではなく、あくまで宿泊機能付きの体験農園です。東京から遊びに来る人が、この土地の人間と結婚して家族になるのもいいし、ただ通ってくれるだけでもいい。もちろん、男性も歓迎です。この地で、なんらかの縁を結ぶ人たちができたら、素敵だなって思います。そういう人たちが、野菜や米の宅配を取ってくれたら、離れているときにもつながっていられるし」

そのとき、華やかな笑い声とともに、食材を載せたトレーを持った紅子とその友だち二人が母屋から出てきた。

「お待たせしました！　準備ができたので、そろそろ焼き始めましょう」

そう言うと、紅子は周囲を見回した。

「あれ、哲太さんは、まだですか？」

目を輝かせながら言う。

博光は、哲太に先を越されそうだなと思いながら、千穂はノートを閉じた。

月曜の朝、会社に向かって歩いていると、後ろから肩を叩かれた。

「相沢君！」

相沢は、緊張をにじませながらうなずいた。

同期相手に緊張などしなくていいのにと、悲しい気持ちになる。

それでも明るく声をかけた。

「今日から出社？」

「いや。出社は水曜からだけど、一応、ウチの部長や高橋さんに挨拶だけはね。それより、コーヒー飲む時間ある？」

今日は、原稿やメモを書く仕事が山積しているので三十分でも惜しい。

少し迷ったがうなずいた。

相沢は、ほっとしたように表情を緩めると、「静かな店に行こう」と言って、路地に入っていった。

相沢が連れていってくれたのは、カウンターにテーブル二つだけの小さな喫茶店だった。

他に客はいない。

コーヒーを運んできたカウンターの奥に引っ込むと、相沢は頭を下げた。

「いろいろ心配させて、申し訳なかった。奥さんに話した」

心の病気のことも、体調がいつまでたってもよくならないことも、洗いざらい打ち明けたという。

「経緯がよく分からないんだけど、坂巻さんが突然見舞いに来てさ。上原が心配していたとか言って」

結局、坂巻は千穂の名前を出したのか。口の軽い男だ。

しかし、相沢が気にしている様子はなかった。

「さらに、どういうわけか、奥さんに俺が倒れているとかいう連絡がいった。その後、すぐに奥さんから、電話がかかってきた」

倒れたというのは、坂巻の誤解だと説明したが、相沢の妻は何かがおかしいと気付き、相沢を詰問したという。

「俺の受け答えも変だったようだ。そうしたら、奥さんは翌日に日本に飛んできた」

彼女はすぐに、相沢とともに相沢の上司と会い、まとまった休暇を取得したという。

「迷惑をかけて申し訳ない、会社にバレたから俺の将来はないかもしれないと言って謝った。そうしたら……」

相沢は言葉に詰まった。

二人で肩を寄せ合って泣いたのだろうか。

コーヒーを飲みながら次の言葉を待っていたが、そうではなかった。

「思い切り、張り倒された」

痛みを思い出すように、相沢は顔をしかめた。

「いまどき、心の病気なんて珍しくない。それで少々休んでも出世には響かない。そもそも、私に病気を隠して悪化させたら、私の立場がないでしょうって」

申し訳ないけど、笑ってしまった。世の中にはいろんな人がいるものだ。そして、相沢と妻はおそらく似合いの夫婦だ。

相沢も照れくさそうに笑った。

「そういえば、企画のほうは、うまくいきそうなのか？」

「これから最終回を書くの。懸案だった三回目は、久保田さんのＯＫが出たよ」

相沢が鼻をうごめかせた。

「当然だろ。当間さんから話がいったんだから」

「えっ、なんで知ってるの？」

「俺、与党担当だったろ？　前の幹事長にかわいがってもらっていたんだ。ウチの会長と昵懇《じっこん》の仲だ」

前の幹事長は、現政権と距離を置いているため、現在は無役だが、派閥の長として党内で一定の力はある。

「今の政権の家族観が、あまりにも古臭いという声は与党の中でも多い。その先頭に立っているのが、前の幹事長だ。年寄りの割に、性的少数者への理解も深い。だから、電話をかけて、当間さんに働きかけてくれと頼んでみたんだ。俺もあのエピソードは必要だと思ったし」

相沢はそう言うと、得意そうに笑った。

「政局の状況をみると、現政権は長くは持たない。おそらく前幹事長が、次の首相だ」

だから当間は、前幹事長にすり寄ることにしたのか。

なんだかモヤモヤするけれど、結果オーライと考えよう。

千穂は頭を下げた。

「具合が悪いのに、動いてくれてありがとう。三回目は、どうしてもボツにされたくなかったんだ」

「たいしたことじゃないよ。それに、奥さんに、何らかの形で坂巻さんと上原に借りを返せって言われたんだ。二人がいなければ、俺の病気に気づかなかったかもしれない、感謝していると伝えろと言われた」

そう言うと、相沢はニヤッと笑った。

「高橋さんにも、前幹事長の話は伝えないとな。休みがちだったとはいえ、三回目については、俺は十分に貢献した。上にいくためには、こういう地味な仕事も評価してもらわないといけない」

結局、出世、出世か。

もうたくさんだという気持ちになったが、相沢は元気になったようだ。ならばそれでいい。

それに、上から目線なだけの人間でもないようだ。妻の助言があったとはいえ、病気をおして千穂のために動いてくれるなんて、彼にも案外義理堅いところがある。

「というわけで、田舎にも新しい形の家族と呼んでいいものが、これから出現するかもしれません」

その日の夜の会議で博光たちの話をしながら、高橋の表情をうかがった。

無表情だが、千穂が提出した取材メモのプリントにしきりにペンを走らせているところを見ると、関心を持っているのは間違いない。

たぶん、これで行ける。

千穂は、平城を見た。

「この話を、平城さんの原稿と組み合わせてください。そうすれば、平城さんが取材した田舎の血縁の良さ、田舎の課題、そして将来の選択肢の一つを示せます。いいかんじになると思います」

平城は、つんと顎《あご》を振り上げた。

「勝手に決めないで。アンカーは私なんだから」

嚙みつくように言われ、千穂はうなずいた。

「はい。私がメモを出します。高橋さんと相談して、好きに使ってください」

平城が驚いたように目を瞬《しばたた》く。

少し気持ちがよかった。

平城になんか協力したくないと思っていた。でも、原稿を書いているうちに、気が変わった。だから、原稿の替わりに平城に渡すメモをまとめたのだ。

今朝の相沢との会話がきっかけになった。

彼は、たぶん千穂を快く思っていない。それでも、体調不良を押して前の幹事長に電話をかけ、動かしてくれた。妻の助言もあったというが、彼自身があのエピソードを必要と感じたからだ。

それが決め手となって、三回目の原稿は掲載の運びとなった。

自分がいいと思う物事を前に進めるには、個人的な好き嫌いは脇に置いておく必要があるのだ。

それができる人間に、自分もなりたい。

「おい、ちょっと待て」

坂巻が言った。

「そりゃあ、ないだろう。今の話をそのままの構成で書くなら、上原にアンカーをやらせろ。そうしないと、平城のいいとこ取りになる」

後藤と松田が同時にうなずいた。

しかし、千穂は首を横に振った。

「いえ、いいんです。高橋さん、これでよければ、アンカーは平城さんにお願いします」

そう言わなければ、平城は納得しない。自分のメモを取り下げるだのなんだの、ゴネまくるのが目に見えている。

お人よしだから、引くのではない。軋轢《あつれき》を避けたいのでもない。

自分で原稿を書ければ一番いい。でも、それより大事なのは、伝えたいことを読者に伝えることだ。アンカーが誰かだなんて、小さいことで意地を張るのはバカバカしい。

働くのは、ちっぽけな見栄のためなんかじゃない。給料のためだけでもない。

では、なぜ働くのか。その答えが一連の取材の中で、見えてきた。

不動産屋の浅田は言っていた。

――新しい時代を作りたい。ちっぽけな不動産屋にもそのチャンスがある。

千穂も、新しい時代を作りたい。

一記者にできることなどわずかだ。でも、自分が見つけた小さなものを地道にコツコツ紙面で紹介していけば、新しい時代が本当に来るかもしれない。

突然、何もかもが変わるのではなく、小さな変化の積み重ねで、いつの間にか時代は変わる。

遺品整理会社の内藤は言っていた。

――誰かがやらなければならない仕事だから、誇りを持ってやっている。

今の千穂と平城の場合、千穂が引かなければ、話は前に進まない。誰かが引かなければならないなら、誇りを持って引くべきだ。

そして、博光は言っていた。

――俺は先祖代々の農家を継ぐんじゃない。俺は、俺がなりたい百姓になるんだ。

自分も、自分がなりたい記者になる。

周りから見たら、損な行動に見えたとしても、構わない。点数を稼げなくても、自分の仕事に矜持《きょうじ》を持てれば満足だ。

届けたい言葉を読者に届け、読者や取材先と一緒に、新しい時代への一歩を踏み出したい。新しい明日、新しい自分と出会うために、働くのだ。それが誰かを幸せにできれば、それ以上の喜びはない。

高橋が顔を上げた。

「分かった。じゃあ、これで行きましょう。アンカーは平城さんでお願いします」

千穂は、しっかりうなずいた。

坂巻があからさまに不機嫌な顔になった。

「おいおい、待ってくれ。そもそも、そういう話じゃないだろう。上原がおかしなことを言い出すから、忘れてたけど、最終回は孤独死だ」

これだけは譲れないと坂巻は言い張った。

「個人的な話で悪いけどよ。俺は、母親の死に目に会えなかった。もう十年以上前の話だけどな」

いきなりヘビーな告白が飛び出し、その場の空気が重くなった。

坂巻は、声を詰まらせながら続けた。

「俺にとって、初めての海外出張だったんだよ。相当迷った。母親は持って二週間と医者に言われていたからな」

そこで、出張を別の記者に交代してもらおうとしたら、母親に止められたのだという。

「そのとき、電話で言われたんだ。人間、所詮一人なんだから、たとえ一人で死んでいっても悔いはない。それに、自分は一人じゃない。親父も妹もそばにいる。だから、俺は、予定通りに出張に行くべきだって言うんだ。海外から送ってくる署名記事を楽しみに待ってるとも言われた。それが、母親との最後の会話だ」

ドキッとした。祖父もこの前、帰ってくる必要はないと言っていた。

今回帰ってみて、命にどうこうという話でもなかったので、胸を撫《な》で下ろしたのだが、最後が近いと悟っても、祖父は同じ台詞《せりふ》を口にしそうな気がする。

坂巻が帰国する直前に、母親は亡くなったという。

「親父や妹には薄情だと責められた。なんで、こんなときに仕事を優先するんだ、母親の本心は別にあったはずだ、それを察しなかった俺が悪いって言うんだ。でも、俺は……」

坂巻は、苦痛を呑《の》み下すように顔をゆがめた。

母親の言葉を信じたいのだ。だったら、信じればいい。亡くなった母親も、きっとそれを望んでいる。

そして、坂巻に知ってほしい。

心が寄り添っていれば、離れていても絆が切れたとは言えないのではないか。

故郷を捨てた人間の言い訳かもしれないけれど、そう思わないとやり切れないし、たぶん、それでいいのだ。

千穂は坂巻に声をかけた。

「遺品整理会社の話は、私もとても面白いと思いました。高橋さん、連載開始までに原稿を手直しする時間は、まだ十分あります。二回目か三回目に盛り込めそうな気もするので、考えてみていいですか」

高橋が笑みを見せた。

「オッケー。じゃあ、今日はここまでにしましょう」

頂上まで、あと一息だ。

ほっとしながら、平城に向かって笑いかけた。

平城は、いまだに困惑の表情を浮かべている。それを見て、勝ったなと思った。平城ではなく、自分自身に勝ったのだ。


日曜日の午後、最終回のゲラを持って、千穂は前島の自宅へ向かった。

昨日までと違う風を感じた。空には、透明感がある。東京にも、秋がやってきたのだ。

季節は変わりつつある。自分も、変われたのだろうか。

変わったような気はする。変わったと思いたい。でも、確信はない。それに、人の気持ちなんて、簡単に変わる。秋の空のように。

今日は昼間なので、遠慮なくチャイムを鳴らす。

インターフォンに出た前島の妻に名前を告げると、ポロシャツ姿の前島が玄関先に出てきた。

「お休みの日に申し訳ありませんが、ゲラを読んでいただけないかと思って」

「昨日会社で読んだ。感想はいろいろあるが、仕事の話は、会社にしてくれ」

困惑したように言う。

仕事だけの話ではないと言うと、前島ははっとしたように顔をこわばらせた。

廊下の奥に向かって、ちょっと出てくると声をかけると、出しっぱなしになっていたスニーカーを履いた。

早稲田通り沿いのカフェの席に着くなり、前島は尋ねた。

「もしかして、明美と会ったのか？」

「まさか」

そこまで他人の家庭の事情に首は突っ込めない。

「でも、参考になるかもしれない話をさせてください」

大勢でバーベキューを楽しんだ後、博光の案内で全員で星を見に行った。いったん博光の家に戻った後、博光の車で実家に送ってもらった。

そのとき、博光が清太郎の抱えている事情を内緒で教えてくれた。

清太郎は、会社を継ぐことを望む親との確執から、大学在学中に家出同然で実家を飛び出したのだそうだ。両親は、いまだに彼を探し続けているという。

見つけ出され、連れ戻されるのを彼は何よりも恐れていた。実際、探偵社の人間に居所を突き止められ、夜逃げ同然に逃げ出したことがあるらしい。

「ええ。彼の気持ちは分かりますが、私は実名でもいいんじゃないかって思いました。家を出てから、何年も経《た》っていますし、彼は今、夢を持って自分のやりたいことに取り組んでいます」

喉が渇くのか、しきりと水を飲んでいた前島がうなずいた。

「それは記事を読んでよく分かった」

それでも清太郎が嫌がるのを無理強いはできないので、とりあえず仮名を使うことにした。

念のために、博光の農場が登場する部分だけ抜粋して、昨夜メールで博光と清太郎に送った。

すると、今朝、清太郎から返信があったのだ。

「今からでも直せるなら、実名にしてくれと書いてありました。あと、掲載紙を余分に送ってくださいって。自分が飼っている鶏の卵と、育てた夏野菜と一緒に、実家に送るそうです」

メールを読んで、なんともいえない気持ちになった。

清太郎は、絆を再び結ぼうと決めたのだ。

両親が清太郎を連れ戻そうとしたら、博光が中に入って説得するという。うまくいくかどうかは分からない。でも、それが清太郎の選択だ。うまくいくことを祈るほかない。

「清太郎君とご両親が、その後どうなるのかまで、紙面で紹介できないのが、ちょっと残念です」

「俺にも待て、と言いたいのか？」

前島が尋ねた。

「それを決めるのは、前島さんと奥様です。私は、こういう話もありますよとお伝えするだけです」

前島は、長い時間、ゲラに視線を落としていた。

紙面では、先週末に写真部の辻本が撮影してきた博光と彼の母、清太郎、そして紅ちゃんが、母屋の台所で笑っていた。博光と清太郎が収穫してきたきゅうりを博光の母と紅ちゃんが漬物にするところを撮影させてもらったのだという。

辻本によると、博光の父が俺も写真に混ぜろとうるさかったらしいが、あまりにも不自然なので断ったとか。

博光と清太郎は兄弟のようで、博光の母と紅子は、母子のようだった。生まれ持った縁、そして自らの意志で結ぶ縁。人は皆、悩みながら自分なりの絆の結び方を探し続ける。それが生きるということかもしれない。

ようやく顔を上げると、前島は言った。

「続きを読めるなら、第二部、第三部と続けてみてもいい」

「えっ、でも久保田さんが……」

よほど評判がよくなければ、第一部で打ち切りだと言っていた。記事が出ていないから、評判はまだ分からないのではないか。

すると、前島は言った。

「連載全五回のゲラが、編集局の中で回っている。これまで我が社になかった自由な雰囲気がいいという評判だ。特に若いデスクから、自分もこういう企画を一面でやってみたいという声が出ている」

よかった。高橋もさぞ喜ぶだろう。

高橋が経済部に異動してしまったら、残念だ。でも、部が違っても、一緒に仕事ができる日がきっとまた来る。

前島は、ゲラを千穂の前に押し戻すと、これまでとは打って変わったように、不敵に笑った。

「そろそろ久保田さんの時代は終わりだな。次の人事が楽しみだ」

前島は、編集局長の座を狙っているのだろうか。

結局、誰もが出世、出世。それしか考えることはないのか。

げんなりしている千穂に向かって、前島は言った。

「出世にこだわるなんて、くだらないと思っているのか？」

おっしゃる通りと思ったが、そうと認めるわけにもいかず言葉を濁していると、前島が薄く笑った。そしてすぐに表情を引き締める。

「上原ぐらいの年だと、肩書なんかいらないという人間のほうが、格好良く見えるんだろう。でも、一つ覚えておくといい。上に行けば、決定権を握れる。そうすれば、自分の理想とする紙面を作れる。出世を願う人間は、決して威張りちらしたいだけじゃないんだぞ」

　少し考えた後、うなずいた。

　出世を意識する人に冷ややかな視線を向けるのは、大人げのない態度かもしれない。それに、高橋だって、相沢だって、偉くなりたいばかりではないはずだ。二人にも、よい紙面を作りたいという気持ちがある。

　出世がそのための手段の一つならば、否定するのは間違っている。

　前島は続けた。

「若い人、特に女性は、やりがいがある仕事ができれば、それでいいと考える人が多いようだな。でも、それではいずれ壁にぶつかる。そのときになって、若い頃に無頼派《ぶらいは》を気取るんじゃなかったと悔いても遅い」

　前島の話は、よく分かった。あまり極端なことは、しないほうがいいのかもしれないとも思う。

　でも、自分は自分だ。簡単ではないだろうけど、しばらくの間は自分の思い通りにやっていこう。せっかくハードルを越える勇気を持てたのだ。やる気もプライドもないかつての自分には戻りたくない。

そのとき、気づいた。

自分の思い通りにやる記者といって、真っ先に思い浮かぶのは、坂巻だ。彼も千穂と同じような経験を繰り返し、現在の場所にたどり着いたのではないだろうか。

思わず首を横に振ってしまった。

絶対に嫌だ。ああはなりたくない。

でも、たぶん自分は前島より坂巻に近い。それはもう認めるしかないと思いながら、アイスコーヒーを飲んだ。

本書はハルキ文庫のために書き下ろされたものです。この物語はフィクションであり、実在の人物・団体などとは関係ありません。

Haruki Bunko
ハルキ文庫

せ 2-4

記《き》者《しゃ》はつらいよ 中央新聞坂巻班《ちゅうおうしんぶんさかまきはん》

著者 仙川《せんかわ》 環《たまき》

2015年12月18日第一刷発行

発行者 角川春樹

発行所 株式会社角川春樹事務所
〒102-0074 東京都千代田区九段南2-1-30 イタリア文化会館

電話 03（3263）5247（編集）
03（3263）5881（営業）

印刷・製本 中央精版印刷株式会社

フォーマット・デザイン 芦澤泰偉
表紙イラストレーション 門坂 流

ISBN978-4-7584-3967-1 C0193 ©2015 Tamaki Senkawa Printed in Japan
http://www.kadokawaharuki.co.jp/［営業］
fanmail@kadokawaharuki.co.jp［編集］　ご意見・ご感想をお寄せください。

仙川 環の本

終の棲家

大日本新聞初のＭＢＡ取得者として鳴り物入社した麻倉智子。だが、社内政治の道具として異動させられた社会部では、学歴とプライドと靴のヒールは高くても記者としての能力は低いと、ダメ記者扱い。焦りと苛々が募っていた矢先、独居老人の医療問題を追うなかで、取材対象の老人が次々に死亡する。一体何故!? 記者としての意識に目覚めた智子は、事件を追いはじめるが……。老人医療現場の悲しい現実に美人記者が立ち向かう！ 2015年にドラマ化もされた話題作。